L'étreinte d'une nuit de glace

MELANIE MILBURNE

L'étreinte d'une nuit de glace

Traduction française de
FRÉDÉRIQUE LALLEMENT

AZUR
HARLEQUIN

Collection : Azur

Titre original :
FORBIDDEN UNTIL THEIR SNOWBOUND NIGHT

HARPERCOLLINS FRANCE
83-85, boulevard Vincent-Auriol, 75646 PARIS CEDEX 13
Service Lectrices — Tél. : 01 45 82 47 47 - www.harlequin.fr
ISBN 978-2-2804-9361-1 — ISSN 0993-4448

Composé et édité par HarperCollins France.
Imprimé en novembre 2023 par CPI Black Print (Barcelone)
en utilisant 100% d'électricité renouvelable.
Dépôt légal : décembre 2023.

FSC
www.fsc.org
MIXTE
Papier issu de sources responsables
FSC® C159065

Pour limiter l'empreinte environnementale de ses livres, HarperCollins France s'engage à n'utiliser que du papier fabriqué à partir de bois provenant de forêts gérées durablement et de manière responsable.

1

Arrivée au pied de l'immeuble, Aerin hésitait à fuir avant de se ridiculiser lorsqu'elle aperçut Drake Cawthorn de l'autre côté de la rue en train de regarder l'écran de son téléphone en attendant que le feu passe au rouge pour traverser. Trop tard pour prendre la clé des champs ! Elle en profita donc pour l'observer à son insu, tandis qu'un léger frisson lui parcourait le dos.

Drake dépassait les autres passants d'une bonne tête, avait des cheveux lisses très noirs, et un nez dont l'arête irrégulière donnait à penser qu'il avait été cassé par le passé. Il portait un costume bleu marine, une chemise blanche qui faisait ressortir son teint mat, et une cravate à fins motifs au nœud desserré. Sans son nez, il aurait coché la première case de sa liste des points indispensables chez son âme sœur : « Grand brun séduisant ».

Le signal sonore destiné aux piétons émit une série de bips. Drake leva alors la tête de son écran et croisa son regard. Malgré les quelques mètres qui les séparaient, dès que ses yeux sombres rencontrèrent les siens, Aerin eut l'impression d'être frappée par la foudre.

C'était chaque fois la même chose !

Raison pour laquelle elle évitait ce célèbre avocat spécialisé dans les contrats prénuptiaux infaillibles, à moins de n'avoir pas le choix.

Aerin n'attendait pas à l'entrée de ses bureaux pour affaires – dans ce cas, elle lui envoyait un mail l'informant du désir d'un client de le consulter. Sa visite était personnelle. Très embarrassante aussi. Elle n'avait pas vu Drake depuis des mois, ce qui lui convenait. L'éviter était devenu un art consommé. Elle trouvait sa virilité troublante, son cynisme trop déroutant pour une incorrigible romantique de son espèce, son sourire narquois et ses yeux couleur de chocolat fondu trop moqueurs.

Drake traversa le carrefour londonien à grandes enjambées, se frayant un chemin entre les autres piétons. Aerin le regarda, les pieds soudain rivés au sol, les joues brûlantes et le pouls agité.

— Salut, Boucle d'or. Tu venais me voir ?

Comme à son habitude, son ton tout comme son sourire étaient taquins.

Aerin aurait aimé répondre par la négative, mais il lui restait seulement cinq jours pour trouver un partenaire qui l'accompagnerait à sa réunion d'anciennes élèves. Faute de quoi, elle serait une fois de plus embarrassée d'être la seule pas encore en couple.

La seule célibataire. La seule vierge.

Au fil des années, elle était devenue l'objet de la compassion à peine dissimulée de ses anciennes camarades de classe. Subir leurs questions, entendre leurs murmures sur son passage et voir leurs coups d'œil lancés à son annulaire sans bague de fiançailles quand toutes arboraient déjà au leur d'énormes diamants ou pierres précieuses la mettait au supplice. À croire que son rêve de trouver son propre M. Parfait était inaccessible. Mais comment dénicher cet oiseau rare ? La seule solution était de télécharger une application de rencontres. Or Aerin n'avait pu s'y résoudre. Elle n'était pas désespérée à ce point. Même si ses amies la voyaient comme un cas désespéré pour avoir presque atteint la trentaine sans jamais avoir été embrassée.

Pourtant, elle croyait au grand amour.

C'était l'espoir de toute sa vie.

Son homme idéal, son âme sœur, devait bien être quelque part. Le tout était de le trouver.

Aerin lança un regard faussement courroucé à Drake.

— J'aimerais que tu cesses de m'appeler ainsi.

Son grand sourire fit danser les minuscules rides au coin de ses yeux.

— Je t'appelle comme ça depuis l'époque où tu portais un appareil dentaire et avais tes premiers boutons d'acné. Je dois admettre que tu t'es sérieusement améliorée avec l'âge.

Drake Cawthorn, le meilleur ami de son grand frère depuis l'université, était un visiteur régulier dans leur propriété familiale. Si au début Aerin n'avait vu en lui qu'un copain de Tom, elle avait pris conscience de l'homme séduisant et charmant en lui au moment de la puberté. Et s'était bien gardée de laisser percer son intérêt ! Un play-boy de son espèce ne se serait jamais attardé sur une fille aussi simple et traditionnelle qu'elle.

— Je t'en prie, ne me rappelle pas que j'aurai trente ans en janvier.

Drake écarquilla les yeux.

— Sans blague. Tu as prévu une grande soirée pour fêter ça ?

Une brusque chaleur envahit les joues d'Aerin. Franchir cet âge en étant toujours vierge et sans la moindre attache en vue était plus un cauchemar qu'une date à célébrer. Elle se contenta d'un vague haussement d'épaules.

— Je ne m'en suis pas préoccupée. On verra le moment venu.

— Tu voulais me voir pour des clients ? demanda-t-il en indiquant ses bureaux du menton. J'ai une heure de libre avant une audience au tribunal.

Mal à l'aise de sentir son regard fixé sur elle, Aerin rajusta la bandoulière de son sac sur son épaule.

— Eh bien… je ne voudrais pas te déranger si tu es occupé.

— J'ai toujours du temps pour toi. Surtout avec toutes les affaires que tu m'envoies. Au fait, j'ai entendu dire que ton associée, Harper, s'était fiancée à Jack Livingstone. Ils vont venir établir un contrat prénuptial chez moi ?

— Pas que je sache.

— C'est bien dommage. Vu le montant de la fortune de Jack, leur divorce pourrait s'avérer houleux sans contrat détaillé.

Aerin dissimula sous un petit sourire son agacement face à ce cynisme.

— Je ne les imagine pas divorcer. Ils sont éperdument amoureux et ils aiment trop leur petite Marli.

Drake haussa les épaules.

— Tous les couples sont amoureux au départ. Après, ça change.

— Tu as déjà été amoureux ? demanda-t-elle avant d'avoir pu se retenir.

— Non, et toi ?

Les joues en feu, Aerin détourna les yeux. Étant donné sa vue désabusée sur les relations sentimentales, Drake risquait de se moquer de sa quête d'amour absolu.

— Non, mais j'espère l'être un jour.

Un silence de quelques secondes suivit sa réponse. Même le bruit de la circulation et les bavardages des piétons autour d'eux semblèrent se fondre en arrière-plan.

— Pourquoi voulais-tu me voir au juste ?

— Ça n'a pas d'importance.

Elle fit un pas de côté, prête à mettre un terme à la rencontre, mais Drake l'arrêta d'une main sur le bras.

Le manteau en cachemire d'Aerin ne bloqua pas l'onde électrique que ce contact déclencha en elle. C'était la première fois qu'il la touchait. Enfin, autrement que pour lui ébouriffer les cheveux dans son enfance. Elle leva les yeux, croisa son regard, et l'onde troublante se propagea à travers son corps.

Il laissa retomber sa main, comme si lui aussi avait ressenti cet étrange courant d'énergie, puis haussa les sourcils.

— Tout va bien ?

Aerin déglutit sous l'effet de sa voix grave, et lui adressa un sourire forcé.

— Pourrions-nous poursuivre cette conversation dans un endroit plus privé ?

— Bien sûr.

Tandis qu'il la précédait jusqu'à l'entrée de l'immeuble, elle songea que c'était pure folie de lui demander de prétendre être son partenaire à son week-end de réunion en Écosse. Mais à qui d'autre s'adresser ? Emmener un étranger était hors de question. Il lui fallait un homme capable de jouer le jeu de manière convaincante. Or Drake était très expérimenté et, mieux encore, tous deux se connaissaient de longue date. Il était parfait. Enfin, pas au point de cocher toutes les cases de sa liste des goûts et qualités nécessaires à son âme sœur, mais suffisamment pour l'aider à passer l'épreuve avec succès. En plus, ce serait leur dernière réunion puisqu'une des filles émigrait en Australie où son mari était muté. Ne pas y assister n'était pas une option car ses amies en tireraient la conclusion évidente. Donc, elle devait y aller accompagnée.

— Mon bureau est au dernier étage, lança Drake

par-dessus son épaule en passant devant les ascenseurs du grand hall.

Aerin lui décocha un regard horrifié.

— Tu ne comptes tout de même pas me faire monter cinquante étages à pied ?

Les lèvres de Drake se relevèrent en un petit sourire qui ne manquait jamais de faire s'agiter une nuée de papillons dans son ventre.

— J'ai un ascenseur privé, juste là.

Et il ouvrit une porte marquée « PRIVÉ », qu'il tint pendant qu'elle la franchissait – et humait au passage une bouffée de son eau de toilette citronnée plutôt enivrante. Il appela ensuite l'ascenseur à l'aide de sa carte magnétique, puis s'écarta pour la laisser entrer dans la cabine.

— Après toi.

Une fois dans l'espace restreint de la cabine, Aerin eut une conscience aiguë de la proximité du grand corps musclé de Drake. En un éclair, son pouls s'emballa, elle sentit ses joues s'empourprer et dut regarder la porte, la seule surface non recouverte de miroirs. Pourquoi fallait-il toujours qu'elle se sente dans la peau d'une adolescente en sa présence ? Peut-être parce que cet homme était un des plus séduisants milliardaires de la ville, de surcroît avec toutes les femmes à ses pieds. Quoi qu'il en soit, son adolescence était bien terminée, et elle était une femme d'affaires à présent. Enfin, plus exactement une femme d'affaires couronnée de succès, mais célibataire – et détestant ce statut.

À leur arrivée au cinquantième étage, elle suivit Drake le long d'un couloir moquetté jusqu'au bureau de réception derrière lequel travaillait une dame d'âge moyen, celle probablement à qui elle s'adressait pour retenir un rendez-vous pour ses clients.

— Prenez mes appels jusqu'à nouvel ordre, s'il vous plaît, Cathleen.

— Je le ferai, répondit l'assistante en adressant un sourire courtois à Aerin.

Une minute plus tard, ils pénétraient dans le bureau de Drake. Une pièce à l'élégance sobre dont les larges baies vitrées offraient une superbe vue sur la Tamise et le Tower Bridge. Ses diplômes encadrés étaient affichés sur un mur, plus pour confirmer ses capacités à ses clients que par fierté de sa réussite. Elle en avait la certitude car il n'avait jamais fait état d'être sorti premier de sa promotion et d'avoir raflé plusieurs prix à l'université – informations fournies par Tom. Une sélection d'œuvres d'art ornait les autres murs. Rien de moderne ni de voyant. Des tableaux de paysages de facture ancienne.

— Puis-je demander à Cathleen de t'apporter un café ou un thé ? demanda-t-il tout en ôtant son manteau qu'il pendit dans un placard avant d'ajouter : Assieds-toi, je t'en prie.

— Non, merci. Je viens d'en prendre un.

Trois cafés serrés en fait. Grosse erreur. La force venue de la confiance en soi était préférable à celle d'un stimulant, car à présent son pouls s'emballait de nouveau. Ou bien était-ce la perspective de demander une faveur à Drake Cawthorn qui déréglait son rythme cardiaque ? Constatant qu'il était trop poli pour s'asseoir avant elle, Aerin prit place dans un fauteuil face au bureau, plaça son sac sur ses genoux et ses mains par-dessus.

Une fois assis, Drake posa les avant-bras sur la surface cirée de sa table de travail, puis croisa les doigts. Comme ce geste attirait son regard sur ses mains, elle se demanda quel effet cela lui ferait de les sentir sur son corps.

D'où lui venait cette pensée saugrenue ? Cet homme

était bien trop cynique pour qu'elle puisse envisager de construire une relation avec lui.

— Tu as l'air d'avoir chaud. Veux-tu enlever ton manteau ou préfères-tu que je baisse le chauffage ?

— Non, ça va, répondit-elle, consciente de la chaleur intense de ses joues. Je n'en ai pas pour longtemps. En fait, j'ai… une faveur à te demander.

Il haussa les sourcils sans cesser de la fixer.

— Je t'en prie, vas-y.

Aerin agrippa le fermoir de son sac tandis que son cœur battait à tout rompre.

— Notre réunion de classe annuelle a lieu ce week-end. Un simple apéro suivi d'un dîner dans un village proche de notre ancien pensionnat, à une heure d'Édimbourg, et… je n'ai personne pour m'y accompagner.

Drake se renfonça dans son fauteuil.

— Pourquoi n'y vas-tu pas seule ?

— Je l'ai fait les douze dernières années. Au début, ça allait car la plupart des filles étaient célibataires. À présent, je suis la seule à l'être encore. Me présenter une nouvelle fois sans partenaire me panique. Les taquineries de mes copines deviennent mortifiantes. La dernière fois j'ai failli mourir de gêne.

— Je ne vois pas l'intérêt d'y aller pour t'infliger cela. Personne ne t'y oblige.

Aerin baissa les yeux vers son sac à main. Constatant que ses doigts tripotaient le fermoir argenté, elle se força à les immobiliser. Comme Drake ne la quittait pas des yeux, semblant l'analyser, elle se sentit soudain très exposée, à nouveau dans la peau d'une adolescente. Il avait beau n'avoir que sept ans de plus qu'elle, en termes d'expérience, cela faisait un siècle. Une éternité.

— En douze ans, pas une seule de nous n'a manqué cette réunion. C'est une tradition. Je ne souhaite pas être celle qui va la briser. Si je ne m'y présente pas, mes amies en déduiront que je suis encore seule, donc je dois y aller accompagnée. J'en ai discuté avec Harper. C'est elle qui m'a suggéré de te le demander puisque nous nous connaissons depuis si longtemps. C'est ça ou engager un… professionnel. Un escort, comme on dit maintenant.

Drake se leva d'un bond, sourcils froncés.

— Tu ne feras *pas* ça.

Son ton sans appel, qui en d'autres circonstances l'aurait ennuyée, lui parut étrangement réconfortant.

— Cela signifie-t-il que tu seras mon partenaire à cette soirée ?

Drake se passa une main sur le front, puis desserra davantage sa cravate. Il avait un air presque menaçant à présent avec ses sourcils fortement froncés et ses lèvres serrées en une fine ligne.

— Je croyais t'avoir entendue dire qu'il s'agissait d'un week-end.

— C'en est un, mais tu pourrais assister au dîner vendredi, puis prétexter du travail ou un quelconque engagement pour rentrer à Londres.

Il la fixa droit dans les yeux, sans ciller.

— Quelle histoire as-tu l'intention de raconter au juste à propos de notre prétendue relation ?

— Je dirai qu'on est tombés follement amoureux et…

Il l'arrêta d'une main levée tandis que ses traits marquaient une indignation dédaigneuse.

— Hé, doucement, Boucle d'or. Sans vouloir te vexer, je ne suis pas du style à tomber éperdument amoureux. Pourquoi ne pas parler d'une aventure passagère ?

Aerin se dandina dans son fauteuil.

— Parce que je ne suis pas du genre à avoir une aventure sans lendemain.

— Allons, tu as dû en avoir pas mal à presque trente ans.

Un silence suivit, si pesant qu'Aerin entendit son siège grincer sous ses mouvements. Soudain, elle vit les lèvres de Drake s'ouvrir sur un O muet tandis que son visage exprimait sa stupéfaction.

— Serais-tu en train de me dire que tu es *vierge* ?

Le mot sembla rebondir d'un mur à l'autre, prenant plus d'ampleur à chaque rebond. Pourquoi semblait-il si choqué ? Bien d'autres fernmes étaient dans ce cas pour diverses raisons.

— C'est un peu inhabituel, j'en suis consciente, d'où mon besoin d'avoir un partenaire ce week-end. Ma virginité me vaut des taquineries incessantes à chaque nouvelle réunion.

— Y a-t-il une raison particulière pour que tu ne sois pas...

— Passée à l'acte ? soupira Aerin. Oui. J'attends de rencontrer mon âme sœur. Je ne veux pas gâcher cette étape avec un homme qui ne comprendra pas son importance pour moi. Je veux que ma première fois soit parfaite.

Drake marcha jusqu'à la fenêtre de son bureau et s'absorba dans la vue en contrebas, mains dans les poches. Aerin n'avait encore jamais remarqué à quel point ses épaules paraissaient larges, de dos. Son regard glissa jusqu'à ses hanches puis ses fesses fermes et ses longues jambes. Comme son esprit le déshabillait, son pouls s'emballa de nouveau. Il devait être diablement sexy nu. En un éclair, elle imagina le contact de ses mains sur sa peau mate.

Choquée soudain d'avoir laissé vagabonder ses pensées, elle se demanda pourquoi elles lui venaient en cet instant précis quand il ne l'intéressait qu'en tant que figurant et non éventuel petit ami.

Drake se retourna enfin. Le soleil couchant derrière lui projetait une ombre sur ses traits, accentuant son côté ténébreux.

— Écoute, ta proposition me flatte, mais...

— Je t'en prie, Drake, ne refuse pas, le supplia-t-elle toute gêne dépassée. Je suis dans une situation désespérée. C'est la dernière réunion où nous serons toutes ensemble car une des filles déménage en Australie avec son mari. Personne n'a besoin de savoir. Même Tom, même mes parents. En fait, il serait préférable qu'ils n'en entendent pas parler.

Drake revint derrière son bureau et posa les mains sur le dossier de son fauteuil.

— Un organisme de presse couvre votre réunion ?

— Non, c'est un événement privé.

— Mais tes amies et toi devez poster des photos sur les réseaux sociaux.

Aerin s'efforça d'oublier le nombre effarant d'abonnés de certaines de ses copines influenceuses.

— Je leur dirai de n'en publier aucune de nous, que nous tenons à garder notre relation secrète vis-à-vis de ma famille encore quelque temps. Elles seront d'accord, j'en suis sûre. Elles savent à quel point mon père est possessif.

Drake poussa un long soupir.

— Je crains de ne pas être l'homme de la situation. Trop de points ne concordent pas avec mon caractère.

Une amère déception fondit sur Aerin.

— C'est l'affaire d'une soirée. Tu dois simplement jouer le rôle de mon partenaire. Je ne te demande pas de l'*être*.

— Je n'ai pas l'intention de devenir le partenaire de quiconque.

Sur cette phrase, Drake se rassit dans son fauteuil, de biais cette fois, une jambe croisée sur l'autre, les doigts de sa main droite pianotant sur sa cuisse. Sous son regard, elle eut envie de disparaître sous terre. Il avait repris son expression d'avocat impassible. L'immobilité de ses traits ne révélait rien de son processus de pensée acéré.

— Parce que tu as peur d'aimer et de souffrir ? suggéra-t-elle.

Les doigts de Drake s'immobilisèrent, il cilla, puis eut un rictus ironique.

— Les gens peuvent nous blesser, qu'on les aime ou non.

— J'imagine...

Il décroisa les jambes et rapprocha son fauteuil de son bureau.

— D'accord, je le ferai. Mais c'est simplement parce que je ne veux pas que tu engages un homme qui pourrait te nuire.

Un soupir soulagé échappa à Aerin.

— Merci mille fois. J'étais paniquée à l'idée de solliciter l'aide d'un inconnu et de devoir partager ma chambre avec lui.

Un court silence suivit sa déclaration.

— Seras-tu à l'aise d'en partager une avec moi ?

Il avait posé sa question d'un ton légèrement moqueur. La lueur dans ses yeux l'était plus encore.

Aerin s'efforça d'ignorer le battement aérien d'ailes de papillon au creux de son ventre.

— Tu seras un parfait gentleman, j'en suis sûre.

Il leva un sourcil ironique.

— Parfait, moi ? demanda-t-il avant de laisser échapper un petit rire. J'ai peine à le croire.

Comme il abaissait les yeux vers sa bouche, Aerin sentit l'atmosphère changer dans la pièce. Ses nerfs se mirent brusquement à la picoter sous sa peau.

Drake ramena alors son regard sur le sien. Elle laissa échapper un souffle – retenu à son insu –, se leva et passa la bandoulière de son sac sur son épaule.

— Bon, je ferais mieux de partir maintenant. Je réserverai les billets d'avion et t'enverrai tous les détails. Robe longue et smoking sont de rigueur. C'est un peu exagéré mais ça fait partie de nos traditions.

Elle se dirigea vers la porte, plus troublée qu'elle ne voulait l'admettre. Comment passer un week-end en tête à tête avec lui quand ils n'avaient jamais été seuls en présence l'un de l'autre plus de quelques minutes ?

— Aerin ?

Stupéfaite d'entendre son prénom à la place de l'habituel « Boucle d'or » dans sa bouche, elle se tourna vers lui.

— Oui ?

— Tu seras en sécurité avec moi. Je t'en donne ma parole.

— Merci.

— Autre chose. Je prendrai nos billets d'avion.

— Ce n'est pas à toi de les payer.

— Je ne laisse jamais payer une femme.

Sachant qu'argumenter ne la mènerait nulle part, Aerin s'inclina.

— C'est très gentil. Je te remercie.

— Attends-moi. Je descends avec toi.

Drake glissa deux dossiers dans sa sacoche, la ferma, attrapa son manteau dans le placard, puis resserra son nœud de cravate. Aerin avait vu son père et son frère accomplir les mêmes gestes des centaines de fois. Exécutés par Drake, elle leur trouva un côté plus viril, et incroyablement sexy.

Pendant leur descente dans l'ascenseur privé, Aerin trouva le silence entre eux chargé d'une qualité indéfinissable dont elle n'avait jamais été consciente auparavant. Elle jeta des coups d'œil discrets à Drake, sans rien déceler d'anormal. Son expression était indéchiffrable. Tandis qu'il l'escortait jusqu'à la sortie, l'odeur citronnée de son eau de toilette déclencha une étrange réaction dans son corps.

Sur le pas de la porte, elle se tourna pour prendre congé de lui.

— Je te remercie encore. J'espère que tu n'avais rien d'important de prévu pour ce week-end.

Le petit sourire de Drake n'atteignit pas ses yeux.

— Rien que je ne puisse annuler au pied levé.

— Au fait… je n'ai pas pensé à te le demander, mais as-tu une compagne en ce moment ? Je veux dire… ça pourrait être gênant, et je ne voudrais surtout pas te compliquer la vie.

— Non.

Son ton catégorique la surprit.

— Je croyais que tu avais toujours une liaison en cours.

— Jamais si près de Noël.

— Mais Noël est dans un mois.

Le visage de Drake s'assombrit.

— Je dois filer. J'ai une séance de médiation au tribunal dans dix minutes. À vendredi.

Il tournait les talons lorsque Aerin l'appela.

— Qu'y a-t-il ?

— Tu ne vas pas changer d'avis à la dernière minute et me laisser affronter seule les violons.

— Quels violons ?

— C'est une expression chère à Harper, en référence à la symphonie de compassion à laquelle j'ai droit chaque année de la part de mes copines de classe pour être encore célibataire.

Il lui décocha un demi-sourire.

— Je ne changerai pas d'avis.

Même si changer d'avis était exactement ce qu'il devrait faire, Drake ne pouvait se résoudre à faire faux bond à Aerin. Avoir accepté de prétendre être le partenaire de la petite sœur de son meilleur ami pendant tout un week-end en Écosse était ridicule. Il n'avait pas l'étoffe d'un prince charmant ni même d'un chevalier servant et encore moins de l'âme sœur idéale. Mais c'était cela ou laisser cette naïve jeune femme emmener un inconnu. De plus, elle était aussi confiante et idéaliste qu'il était cynique et désabusé.

L'entendre lui avouer sa virginité l'avait stupéfié. Il la savait attachée aux valeurs traditionnelles, mais pas au point de s'être condamnée à une vie monacale jusque-là.

En conséquence, il n'avait pas d'autre solution que de l'escorter à sa réunion. C'était la seule manière de s'assurer qu'un homme peu scrupuleux ne s'empare de sa virginité comme d'un trophée.

Drake n'avait jusqu'à ce jour jamais prêté une réelle attention à la sœur cadette de Tom, autrement que pour lui ébouriffer les cheveux au passage des années auparavant. Mais poser la main sur son bras un peu plus tôt dans la rue avait éveillé une étrange sensation en lui.

Ensuite, la voir s'armer de courage dans son bureau pour lui demander son aide avait changé la nature de leur relation. Un changement subtil qui lui avait permis d'avoir une perception d'elle différente de celle qu'il avait avant – ou du moins une dont il n'avait pas conscience jusque-là. Aerin n'était plus une adolescente ingrate, mais une ravissante jeune femme. Sans ressembler à un mannequin, elle avait une beauté naturelle remarquable. De longs cheveux blonds qui recouvraient ses épaules et le haut de son dos en un rideau lisse et soyeux. Un corps fin à la grâce de ballerine, mais doté de courbes féminines. Des yeux au gris-bleu fumé, et un nez droit – à l'inverse du sien – au-dessus d'une bouche en cœur qui promettait des délices de sensualité.

Une bouche à laquelle il n'avait cependant pas le droit de toucher – même s'il ne cessait d'y penser et aurait aimé la goûter pour voir si elle était à la hauteur de ses promesses. Aerin lui était interdite. La regarder, oui. La toucher, non. C'était une limite à ne jamais franchir. De plus, il n'avait pas l'intention de se compliquer la vie avec une jeune femme aux yeux troublants. Elle cherchait un partenaire parfait, croyait au grand amour et avait attendu trente ans pour se donner à cet homme idéal. Comment d'ailleurs pouvait-on rester chaste jusqu'à cet âge de nos jours ?

Drake avait perdu sa virginité un mois après avoir perdu sa famille. À l'époque, le sexe était pour lui une évasion, le moyen d'échapper à sa souffrance, de l'anesthésier, et il l'était encore. Il ne s'était jamais autorisé à être proche d'une femme autrement que sur le plan physique. Ses relations étaient brèves et se limitaient à un échange de plaisir, dans le respect de l'autre. Pas d'engagement, pas d'émotion. Une carapace protégeait son cœur, si épaisse et solide qu'il avait à peine conscience d'en avoir un.

Mais l'adorable et si innocente Aerin au beau visage et à la bouche en cœur représentait un danger car tous deux se connaissaient de longue date, et Drake ne voulait compromettre ni sa relation avec son frère ou ses parents, ni la sienne avec Tom. Trop de gens seraient blessés s'il ne la tenait pas à distance. Or il n'avait pas envie de blesser quiconque, surtout pas des personnes à qui il tenait. Baisser sa garde à quinze ans lui avait coûté trop cher.

Il ne récidiverait pas.

Aerin Drysdale était hors limites pour lui sur tous les plans. Trop douce, trop naïve, trop bonne pour un homme dont le passé recélait tant de sombres secrets.

2

En regagnant l'agence pour une réunion de travail avec ses associées, Ruby et Harper, Aerin avait le moral en berne. Ruby rentrait d'une courte lune de miel avec Lucas Rothwell après leur mariage deux semaines auparavant. Harper s'était récemment fiancée avec Jack Livingstone, le père de leur bébé-surprise, Marli. Être témoin du bonheur de ses amies rendait son statut de célibataire plus douloureux car elle était désormais entourée en permanence de couples heureux. Ses parents étaient aussi amoureux après trente-sept ans de mariage que le jour de leur rencontre. Et son frère Tom et sa femme, Saskia, épousée six ans auparavant, se heurtaient à des problèmes de fertilité, mais formaient un duo de rêve et finiraient leur vie ensemble.

Depuis sa plus tendre enfance, Aerin croyait au grand amour, attendait de rencontrer son âme sœur et s'était imaginée déjà mariée et mère de deux enfants à l'aube de la trentaine. Or elle était encore vierge faute d'avoir éprouvé ne serait-ce qu'une attirance modérée pour un homme… jusqu'à la veille.

Mais il était hors de question de voir en Drake Cawthorn un partenaire potentiel. Il était un remplaçant pour un soir. Rien de plus.

— Alors, tu lui as posé la question ? demanda Harper dès l'entrée d'Aerin dans le bureau.

Ruby cessa aussitôt de bercer la petite Marli profondément endormie dans son landau.

— De qui parlez-vous ?

— J'ai suggéré à Aerin de demander à Drake Cawthorn de jouer le rôle de son partenaire pendant sa réunion d'anciennes élèves ce week-end, expliqua Harper.

— Oui, je l'ai fait.

— Et ? demandèrent ses deux amies en chœur.

— Ça a été difficile, mais il a fini par accepter, répondit-elle en posant son sac sur le bureau.

— Waouh ! s'exclama Ruby, tout émoustillée. Ce pourrait être le début d'une belle histoire.

Aerin leva les yeux au ciel.

— Je ne crois pas. Drake est séduisant, mais il ne coche aucune autre case de ma liste.

Elle commençait à se demander si quelqu'un les cocherait toutes, sans toutefois oser l'admettre à ses amies. Ni même en accepter l'idée. Elle s'était accrochée trop longtemps à l'espoir de trouver le parfait partenaire pour l'abandonner. Cet homme devait bien exister quelque part. Perdre confiance serait ridicule.

— Le connais-tu bien ? demanda Ruby. En ce qui me concerne, je pensais connaître Lucas pour l'avoir fréquenté depuis mon enfance, mais je n'ai vraiment découvert sa véritable personnalité que lorsqu'il m'a emmenée sur son île grecque.

Elle termina sa phrase par un soupir béat. Penser à ce voyage lui rappelait sans aucun doute de merveilleux souvenirs.

— Je le connais suffisamment pour savoir qu'il n'est pas du style à se ranger. Mon frère a déjà eu un mal fou à le convaincre d'être son témoin. Les mariages lui donnent la chair de poule.

— Gérer tant de divorces houleux dans son métier doit rendre cynique sur l'avenir des relations, j'imagine, dit Harper. Au moins tu n'auras pas à affronter la pitié de tes anciennes camarades de pensionnat. Vu sa grande expérience, il saura sûrement jouer ton amoureux à la perfection.

— Mais comment vas-tu convaincre tes copines que c'est le bon ? voulut savoir Ruby. Allez-vous vous embrasser, vous tenir par la main, vous faire les yeux doux ou quoi ?

Aerin sentit ses joues s'enflammer.

— Nous n'avons pas discuté de ces détails. Nous devrons les mettre au point pendant le vol pour Édimbourg.

Harper haussa un sourcil inquisiteur.

— Vous allez partager une chambre ?

— On sera bien obligés, sinon personne ne croira à notre histoire.

— Vous pouvez toujours dire que vous attendez d'être mariés, proposa Ruby.

Harper eut un petit rire.

— On parle de Drake Cawthorn, je te signale. Qui croirait que ce play-boy attendrait le mariage pour coucher avec sa fiancée ? Ou même qu'il demande la main d'une femme dès le départ ?

— Bien vu, dit Ruby, mais les miracles arrivent. Regarde-nous toutes les deux. Je n'aurais jamais cru pouvoir être heureuse à ce point. Lucas est le mari idéal.

— Jack aussi, dit Harper d'un ton rêveur. On aimerait que toi aussi tu trouves le bonheur avec l'homme de tes rêves.

Aerin le voulait aussi, si fort que son cœur en était douloureux. Mais il y avait peu de chances que ce soit Drake Cawthorn. Elle voulait un homme romantique qui croie au grand amour et à l'engagement à vie ; or il était l'opposé. Un cynique qui n'imaginait pas de mariage sans un contrat infaillible établi au préalable.

Le vendredi, en quittant son bureau après le déjeuner, Drake donna des documents à ranger à sa secrétaire.

— Vous partez bien tôt aujourd'hui. Vous avez un événement spécial de prévu ce week-end ?

— Non.

D'un côté il n'était pas à l'aise avec le fait de mentir à sa secrétaire, de l'autre il lui était difficile de qualifier son week-end avec Aerin Drysdale d'« événement spécial ». Pourtant, c'en était un. De taille même. Ce serait la première fois qu'ils passeraient autant de temps ensemble.

Cathleen inclina la tête avec curiosité.

— Ce départ prématuré aurait-il un rapport avec la visite d'Aerin Drysdale en début de semaine ?

— Vous l'avez reconnue ? demanda Drake, surpris.

Sa secrétaire sourit.

— Bien sûr. Elle a organisé le mariage de ma nièce l'an dernier. Un travail parfait. Gillian n'a quasiment rien eu à faire à part arriver à l'heure à l'église. Je n'ai jamais rencontré Aerin, mais je lui ai souvent parlé au téléphone lors des prises de rendez-vous pour ses clientes, et je l'ai vue sur les photos. Elle est jolie, dans le style sobre, n'est-ce pas ?

— Oui, je suppose, grommela-t-il d'un ton dégagé.

La dernière chose à laquelle Drake voulait penser était la beauté si naturelle d'Aerin Drysdale. Pas question de compromettre sa relation avec Tom en batifolant avec sa sœur. C'était une règle tacite entre amis qu'il entendait bien respecter. De plus, il ne s'intéressait pas aux vierges, ni ne s'impliquait avec des femmes rêvant d'un conte de fées.

Le sourire de Cathleen s'agrandit.

— Vous la connaissez de longue date. Au fait, n'étiez-vous pas le témoin de son frère à son mariage il y a quelques années ?

— C'était la première et la dernière fois que je me suis tenu devant un autel, déclara Drake avec conviction. Vous et moi savons combien d'heureux couples finissent souvent par se haïr puis se séparer.

Elle soupira.

— Mais le bonheur dure pour certains couples. Ne souhaitons-nous pas tous aimer et être aimés le restant de nos jours ?

Drake avait été témoin de différentes manières « d'aimer », enfant. L'amour obsessionnel. L'amour abusif. L'amour possessif. L'amour qui torturait et détruisait les êtres aimés. Mais il était hors de question qu'il révèle les sombres secrets de son enfance à sa secrétaire, ou à quiconque, d'ailleurs. Même son meilleur ami, Tom Drysdale, ignorait l'horrible vérité sur son passé. Il ne voulait pas tomber passionnément amoureux comme ses parents. Il refusait l'amour, le rejetait comme s'il s'agissait d'une maladie mortelle.

Car dans sa famille d'origine c'était ainsi qu'il s'était révélé : mortel.

En arrivant à son domicile, Aerin envoya un message à Drake pour l'informer qu'elle le retrouverait à l'aéroport. Sa réponse fut instantanée : il passait la chercher à son appartement. Comme il n'y était jamais venu, elle lui communiqua son adresse, puis fit les cent pas, histoire de calmer sa nervosité.

Une brusque envie de tout annuler la saisit. Hélas, ses anciennes camarades de promotion étaient déjà averties de son arrivée en compagnie de son partenaire. Cette annonce avait provoqué une avalanche de messages sur leur conversation de groupe. Elle avait toutefois refusé de donner le nom de l'homme qui attisait une telle curiosité, imaginant les réactions si elle l'avouait. Renoncer lui était donc désormais impossible.

L'heure où Drake devait arriver approchant, le pouls d'Aerin s'accéléra, ses paumes devinrent moites et la panique la gagna. N'aurait-il pas mieux valu se faire escorter d'un professionnel ? Que se passerait-il si elle ne parvenait pas à jouer le jeu ? L'idée de voir son plan dévoilé, d'être cataloguée comme menteuse, lui donna des sueurs froides.

Un léger coup frappé à la porte la fit sursauter. Plaquant un sourire de bienvenue sur ses lèvres, elle l'ouvrit. Mais au lieu de voir Drake, elle se trouva face à son très âgé voisin écossais, M. McPhee. À côté de lui, Mutley, son chien tout aussi vieux que lui en termes d'âge canin, agitait sa queue hirsute et la regardait de ses yeux rendus opaques par la cataracte. Mutley était de race indéterminée, trapu avec de courtes pattes, prognathe et avait une tache noire autour d'un œil qui lui donnait l'air d'un pirate. Il avait sûrement été un chiot adorable, mais avec les années son poil s'était clairsemé, il avait acquis une haleine désagréable, et évacuait de fréquents gaz nauséabonds.

— Bonjour, monsieur McPhee. Coucou, Mutley. Je m'apprêtais à partir en week-end. Puis-je vous aider.

— Désolé de t'embêter, ma petite, mais aurais-tu un peu de sucre ? Je suis en panne.

Plus que du sucre, son voisin avait besoin de contact humain. Aerin le savait depuis longtemps. Veuf depuis huit ans, il approchait les quatre-vingt-dix ans et sa famille se résumait à un fils qui ne lui avait pas rendu visite depuis des années. M. McPhee passait souvent prendre une tasse de thé. Elle appréciait sa compagnie qui lui rappelait celle de son grand-père maternel, lui aussi un fier Écossais.

— Bien sûr. Entrez donc pendant que je vais en chercher. J'ai aussi une des gâteries que Mutley aime tant.

— Je ne veux pas te retarder. Où pars-tu en week-end ?

— En fait, en Écosse.

— Changer d'air va te faire du bien, dit-il en la suivant vers la cuisine. Quoique novembre ne soit pas le mois idéal. Il fait froid, le temps est gris et humide, tu pourrais même avoir de la neige. Ce ne serait pas la première fois.

— Je sais, mais je serai à une réunion d'anciennes élèves, donc à l'intérieur la plupart du temps, répondit-elle en sortant un paquet de sucre.

À cet instant, trois coups fermes furent frappés à la porte. Le cœur d'Aerin fit un bond.

— Excusez-moi une seconde, on vient me chercher pour me conduire à l'aéroport.

La porte ouverte, elle vit Drake vêtu d'un jean et d'un pull à col roulé en cachemire sous une veste en cuir noir. Elle lui adressa un sourire nerveux.

— Je donne quelque chose à mon voisin et j'arrive. Ça ne sera pas long.

— C'est ton bon ami, ma petite ? demanda alors M. McPhee en s'avançant vers eux, suivi de Mutley. Il était temps, si tu veux mon avis.

Là-dessus, il tendit la main à Drake.

— Hamish McPhee.

Drake serra sa main.

— Drake Cawthorn. Enchanté de faire votre connaissance, monsieur McPhee.

Consciente de la chaleur montée à ses joues, Aerin s'inquiéta de se trahir de la sorte pendant le week-end : et si elle rougissait en entendant ses amies l'appeler « son petit ami » ou, pire, « son amant » ?

Mutley renifla les chaussures de Drake avant de lever les yeux vers lui en remuant la queue. Drake se pencha et le gratta derrière les oreilles. Puis sa mâchoire se serra, il cilla et se releva.

— Prends le temps de discuter avec M. McPhee, je vais descendre ta valise et la charger dans la voiture.

— Ne vous souciez pas de moi, je dois rentrer préparer la pâtée de Mutley. Amusez-vous bien. J'aimerais avoir votre âge à nouveau. Dans de pareils moments, ma Maisy me manque encore plus. Mais nous avons eu soixante et une années ensemble, alors je devrais être reconnaissant.

— C'est une attitude très positive, dit Aerin. Pourtant, être seul maintenant doit être terriblement difficile.

— Ça l'est, ma petite, mais c'est ce à quoi on s'expose en tombant amoureux. On vieillit ensemble, et le jour où notre partenaire disparaît il ne reste que les souvenirs.

— Ravi de vous avoir rencontré, monsieur McPhee, dit Drake en lui tendant la main.

Le vieil homme la serra chaleureusement.

— Prenez bien soin d'elle. C'est une perle.

— Je le ferai.

Quelques minutes plus tard, assise dans la voiture de sport de Drake, Aerin chercha à rompre le silence.

— M. McPhee est adorable. J'espère que tu n'as pas été gêné d'être pris pour mon... euh...

Drake lui lança un regard malicieux.

— Ton amant ?

Les joues d'Aerin s'enflammèrent.

— En fait, je lui ai dit que tu m'accompagnais à l'aéroport. C'est lui qui en a tiré cette conclusion.

— Pourquoi n'as-tu fréquenté personne intimement jusque-là ?

Elle abaissa les yeux vers ses mains.

— Pour éviter de commettre une erreur. Choisir un partenaire de vie est trop important. Je ne veux pas accumuler les relations avortées. Ni perdre du temps avec des hommes qui ne s'approchent pas de mon âme sœur rêvée.

Drake démarra.

— Parce que tu crois vraiment que le partenaire idéal, la fameuse âme sœur, existe ?

Aerin ignora son cynisme.

— Bien sûr. Regarde mes parents. Ils sont toujours follement amoureux après trente-sept ans de vie commune. Tom et Saskia aussi, ils sont parfaits sur bien des plans l'un pour l'autre.

Drake fronça les sourcils.

— Tu penses cela ?

— Évidemment. D'accord, ils passent une période un peu difficile depuis la nouvelle fausse couche de Saskia, mais Tom l'adore et elle l'adore aussi.

Pour toute réponse, elle n'obtint qu'un son évasif suivi d'un long silence troublé seulement par le chuintement des roues sur la chaussée mouillée. Rassemblant son courage, elle aborda le sujet qui la tracassait.

— Je souhaiterais discuter d'un point avant la réunion. Pour convaincre mes amies que nous formons un couple, nous devons agir comme si nous étions amoureux.

— Et à ton avis, à quels signes reconnaît-on un couple amoureux ?

Aerin revit immédiatement Ruby et Lucas ainsi que Harper et Jack en pensée.

— Eh bien, les partenaires se touchent souvent, se donnent la main ou s'enlacent.

— Donc ça ne te dérangerait pas que j'agisse ainsi avec toi ?

Aerin frissonna à l'idée de sentir le bras musclé de Drake autour de sa taille, sa poitrine pressée contre son torse ferme, d'être si proche de lui quand elle ne l'avait jamais été d'aucun autre homme. Quel effet cela ferait-il ?

— Non...

— Et les baisers ?

— Que veux-tu dire ? demanda-t-elle, son cœur battant soudain la chamade.

— Est-ce qu'un couple amoureux s'embrasserait ?

— Tous les couples ne sont pas à l'aise avec les démonstrations d'affection en public.

— Donc pas de baisers passionnés en public.

Aerin croisa nerveusement les doigts, imaginant les lèvres sensuelles de Drake sur les siennes. Comment seraient-elles ? Elle n'avait jamais eu le cran de se laisser embrasser, avait tant attendu le parfait premier baiser... Résultat, il ne s'était pas encore produit.

— Un bisou sur la joue serait acceptable, j'imagine, ou même un rapide sur la bouche...

— Tu vois autre chose que je devrais faire pour être convaincant ?

— Les gens amoureux échangent des regards doux et tendres, j'ai remarqué.

Drake fit une grimace horrifiée.

— Je crains que cela soit au-delà de mes capacités. Je ne suis pas du genre sentimental.

— Un point de plus qui ne correspond pas à ma liste, marmonna Aerin pour elle-même.

Elle sentit plutôt que vit son coup d'œil.

— Parle-moi de cette liste. Je devrais en connaître chaque point si je suis censé prétendre être l'homme qui en coche toutes les cases. Combien y en a-t-il, au fait ?

— Huit.

Il siffla entre ses dents.

— Je commence à deviner pourquoi tu es arrivée à presque trente ans sans rencontrer de partenaire.

Aerin lui lança un regard irrité.

— Eh bien, je pense qu'il y aurait beaucoup moins de divorces si les hommes et les femmes réfléchissaient sérieusement à ce qu'ils souhaitent de leur partenaire de vie. Cela éviterait bien des cœurs brisés plus tard.

— Certainement.

La façon dont il prononça ce mot intrigua Aerin, mais son expression ne la renseigna pas.

— Alors, dis-moi quel est le premier point sur ta liste, reprit Drake après un moment de silence.

— Je ne te le dis que si tu me promets de ne pas te moquer de moi.

— D'accord, tu as ma parole.

Elle scruta ses traits quelques instants. En vain. Ils étaient toujours aussi indéchiffrables.

— C'est un peu cliché, je sais, mais je veux un homme grand, brun et séduisant.

— Pourquoi pas blond ou roux ?

— Je ne sais pas. Je me suis toujours vue avec un brun. Je ne peux pas l'expliquer autrement.

— Quel est le deuxième point ?

— Tu ne corresponds pas à celui-là, c'est clair. Je veux un homme qui croie en l'amour et soit un romantique dans l'âme.

Un rictus ourla la lèvre supérieure de Drake.

— Le troisième ?

Aerin inspira profondément, puis expira.

— Il doit être capable de s'ouvrir à moi et ne pas avoir peur de montrer ses sentiments.

Le « Hum » de Drake aurait pu être un accord ou l'expression de son dédain. Un peu des deux aussi.

— Certains hommes montrent trop leurs sentiments. Ils contrôlent peu ou pas du tout leurs émotions. Leurs partenaires en payent le prix.

— Tu dois en voir pas mal comme ça dans ton métier, j'imagine.

— Quel est le quatrième point ?

— Il doit être proche de sa famille.

Drake changea de vitesse avec une inhabituelle brusquerie.

— Proche sur le plan géographique ou émotionnel ?

— Émotionnel, bien sûr.

— Le cinquième ?

— Il doit vouloir des enfants.

Il siffla de nouveau entre ses dents.

— Tu as raison. Je ne coche aucun point de ta liste.

— Tu ne veux pas d'enfants ?

— Non.

— Pourquoi ?

— Les enfants souffrent quand les parents se séparent.

— Tous les parents ne se séparent pas.

— Près de la moitié le font.

— Les tiens ne l'ont pas fait. Ils étaient encore ensemble quand ils ont eu leur accident, non ?

La mâchoire de Drake se contracta, et il resserra les doigts sur le levier de vitesses.

— Quel est ton sixième point ?

Son désir évident d'éloigner la conversation de son passé intrigua Aerin sans toutefois l'inciter à changer de sujet. N'aurait-il pas dû vouloir en parler pour garder les souvenirs vivaces ? En fait, elle en savait très peu sur lui, seulement les bribes d'information glanées auprès de Tom. Mais même son frère n'était pas très communicatif à ce propos, et elle n'avait pas voulu avoir l'air trop intéressée. Elle savait seulement que ses parents et sa jeune sœur étaient morts dans un accident quand il avait quinze ans et qu'il avait été élevé par de la famille. Cela expliquait son aura d'autosuffisance et son cynisme. Il avait aimé, perdu les êtres aimés, et avait appris à ne compter que sur lui-même.

— Tes parents n'étaient pas heureux ?

Drake mit quelques secondes à répondre.

— Non.

Son ton fut sec, presque définitif.

— Ça te dérange de parler de ta famille ?

Il laissa échapper un juron.

— À ton avis ?

Aerin soupira.

— Ce doit être très dur de l'avoir perdue si jeune, mais comment te souvenir des tiens si tu n'en parles pas ? Ou bien est-ce trop douloureux ?

— C'est... compliqué et douloureux, aussi je préfère m'en abstenir.

Ses traits se détendirent, comme s'il avait déconnecté sa pensée. Le sujet était clos.

— Alors, quel est le sixième point de ta liste ?

— Mon futur partenaire a un chien, ou un chat, ou aimerait en avoir un.

— Encore une case que je ne coche pas, répliqua-t-il d'un ton amusé que son expression ne reflétait pas.

— Mais tu aimes les animaux, n'est-ce pas ? Je t'ai vu gratter les oreilles de Mutley, le chien de M. McPhee.

Drake haussa les épaules.

— J'aime les animaux et j'aime les enfants, mais cela ne signifie pas dire que j'en veux. On en est où, maintenant ? Au septième point ?

— Je veux que mon partenaire joue d'un instrument ou soit créatif d'une autre manière.

— Je sais pianoter sur un clavier et dessiner un bonhomme bâton.

Aerin réprima un sourire.

— Sois sérieux. Tu écris des poèmes ?

— Pas franchement. Et le huitième ?

— Il doit aimer Noël.

Comme Drake ne répondait pas immédiatement, elle reprit :

— Laisse-moi deviner. Tu n'aimes pas la saison des fêtes. La preuve, tu n'as jamais accepté les invitations de Tom à te joindre à nous.

Il se gara et coupa le moteur, puis se tourna vers elle.

— Noël n'est pas une période joyeuse pour moi.

— C'est à ce moment que tu as perdu ta famille ?

— Oui, le 24 décembre.

— Je suis vraiment désolée. Ça a dû être doublement douloureux car c'est la fête familiale par excellence.

Aerin eut une immense peine pour lui en pensant au traumatisme qu'il avait vécu adolescent. Ce n'était pas étonnant qu'il soit si réticent à parler de sa famille, cela revenait à arracher le pansement d'une blessure qui n'avait pas encore cicatrisé… et ne le ferait probablement jamais.

Drake jeta un coup d'œil à l'horloge du tableau de bord, puis détacha sa ceinture.

— Nous devons nous dépêcher. Tu ne voudrais pas manquer ta réunion d'anciennes élèves, n'est-ce pas ?

Drake n'avait parlé à aucun membre de sa famille depuis des années, même pas à sa tante qui s'était occupée de lui jusqu'à ses dix-huit ans. Discuter d'eux lui rappelait son échec à protéger sa mère et sa sœur. Il portait sa culpabilité comme un joug autour du cou. Un joug qui mettait sa conscience à vif. Avec le recul, il voyait des indices indiquant les intentions criminelles de son père. À l'époque, endormi par une fausse impression de paix, il les avait ignorés. Son père était doué pour faire croire à tout le monde – lui compris – que la tempête était passée et ne reviendrait jamais. Que *cette* fois tout serait différent. Qu'il avait changé. Mais son père n'avait pas changé, il avait tramé une attaque dévastatrice contre les personnes qu'il disait aimer le plus au monde. Une attaque que Drake avait ratée par pure chance. Un coup du destin qui l'avait laissé seul et chargé du fardeau de la culpabilité du survivant dont il lui était impossible de se débarrasser.

Autrefois, Noël était sa période préférée de l'année. Pas seulement pour les cadeaux mais parce qu'il aimait ce rassemblement familial autour de la délicieuse nourriture que sa mère préparait avec amour. À présent, il ne supportait plus les décorations, les chants et les odeurs de Noël. Il souhaitait ne jamais revoir un sapin entouré de paquets car cela lui rappelait celui de sa famille, tous les cadeaux jamais ouverts.

Aerin, avec sa voix douce, avait cependant réussi à lui faire partager des informations qu'il n'avait même pas fournies à Tom. Il allait devoir être vigilant ce week-end car elle avait le don de lui faire baisser sa garde. Pour preuve, elle l'avait persuadé de participer à cette comédie. Il n'aurait jamais dû accepter, mais l'avait fait pour éviter qu'un homme de peu de confiance l'accompagne. Cela aurait ajouté un surcroît de culpabilité à son fardeau.

Une fois le contrôle de sécurité passé, Drake conduisit Aerin à une porte d'embarquement éloignée.

— J'ai pris la liberté de louer un avion privé.

Aerin s'arrêta sur-le-champ.

— Pourquoi ? Ça doit coûter une fortune. Un vol commercial me convenait très bien.

— Si j'étais du genre à tomber éperdument amoureux, je voudrais gâter ma compagne, surtout quand je peux me le permettre.

Elle lui lança un regard amusé, tête inclinée sur le côté.

— Es-tu certain de ne pas être romantique dans l'âme ?

Drake éclata de rire.

— Aucune chance, Boucle d'or. Allez, avance, ton carrosse ailé t'attend.

3

Aerin eut du mal à dissimuler son admiration devant le luxe du jet privé car c'était la première fois qu'elle montait à bord de l'un d'eux. La cabine était divisée en trois parties. La première était dotée de profonds fauteuils de cuir beige. La deuxième, destinée sans nul doute à des conférences de travail en vol, contenait deux canapés séparés par une table basse. La troisième partie était une chambre avec un grand lit et une salle de bains.

Un steward vint leur apporter des boissons dès qu'ils furent assis.

— Je suis Henri. Voici du champagne pour vous, mademoiselle Drysdale, et un Perrier citron pour vous, monsieur Cawthorn.

Aerin le remercia. Drake se contenta d'incliner la tête en souriant.

— Tu n'es pas fan de champagne ? demanda-t-elle une fois le jeune homme disparu derrière la porte séparant la cuisine de la cabine.

— Je ne suis pas fan d'alcool tout court, répondit-il avec un sourire désabusé. Est-ce un nouveau point contre moi selon ta liste des qualités indispensables de l'homme parfait ?

— Pas du tout. J'ignorais que tu ne buvais pas, c'est tout.

Elle fut surprise de ne pas l'avoir remarqué lors des nombreuses soirées auxquelles il avait assisté dans la propriété de ses parents, mais cela n'avait rien d'étonnant vu la manière dont elle s'efforçait de l'éviter.

— Il y a beaucoup de choses que tu ignores sur moi.

Drake avait parlé d'un ton anodin. Pourtant, une ombre passagère sur son expression mit Aerin mal à l'aise.

— Si nous voulons être convaincants ce week-end, tu ferais mieux de combler ce manque. Pourquoi ne bois-tu pas ?

— C'est un choix que j'ai fait il y a très longtemps.

— À cause de l'accident arrivé à ta famille ? Le conducteur était soûl ou… ?

— Non, ils n'ont pas été tués par un conducteur en état d'ivresse.

La mâchoire de Drake se serra, et son regard se durcit comme si des émotions qu'il n'avait pas envie de revisiter surgissaient du passé.

— Je buvais quand j'étais beaucoup plus jeune, mais je n'ai jamais aimé le goût de l'alcool. Je le faisais simplement pour avoir l'air cool, pour m'intégrer. Un jour, j'ai pris la décision d'être abstinent.

— Mon associée, Harper, l'est aussi. Sa mère étant alcoolique, elle n'a jamais voulu boire de crainte d'une tendance génétique à l'alcoolisme. Une chance, car elle a eu une grossesse cryptique avec Marli.

Comme il se taisait, elle demanda :

— Tu étais proche de ta famille ?

Drake essuya la condensation sur son verre, un pli soucieux sur le front, les lèvres serrées.

— De ma mère et de ma sœur, oui. De mon père, de moins en moins avec le temps.

— Pour quelle raison ?

Il reposa son verre sur la table basse devant eux, puis se renfonça dans son fauteuil.

— Ce n'était pas le genre d'homme dont on peut l'être.

— Tu veux dire, comme toi ?

Drake se figea. Son regard se fit circonspect. Aerin eut la certitude d'avoir touché un point sensible.

— Je suis désolée. Je ne voulais pas te perturber.

— Tu ne m'as pas perturbé.

Soit, mais malgré son ton désinvolte elle sentait la tension irradier de son grand corps.

— Tu n'aimes pas être comparé à ton père, j'imagine.

— Bien vu.

Elle trouva bizarre que la comparaison le gêne. Bien sûr, tous les garçons n'avaient pas de bonnes relations avec leur père. Même Tom avait eu une période difficile avec le leur à l'adolescence, un rapport de force qui avait duré un an ou deux puis s'était calmé. Son frère avait mûri, et leur père s'était assoupli.

Si la mort prématurée de son père avait empêché Drake de se rapprocher de lui, il devait éprouver de la culpabilité de ne pas avoir tenté d'améliorer leur relation. Aurait-il de profondes blessures émotionnelles dues à un père distant ou peu impliqué ?

Bien que consciente de poser des questions trop personnelles, Aerin voulait que leur week-end soit une réussite afin de prouver à ses anciennes camarades de classe qu'elle avait enfin trouvé un partenaire. Elle ne voulait pas toutefois que cette réunion soit une épreuve pour lui.

D'un autre côté, en savoir plus sur lui était indispensable au succès de ce voyage. Et, force était de le reconnaître, elle *voulait* en savoir plus. Drake l'intriguait de plus en plus. Il représentait à ses yeux une énigme à résoudre. Minutieuse et observatrice – deux qualités nécessaires dans son travail –, elle avait aussi le don de sentir les gens. Or ce qui émanait de cet homme requérait une investigation plus poussée.

— Écoute, je suis désolée de te poser tant de questions, mais j'ai besoin d'en savoir un peu plus sur toi, faute de quoi cela paraîtrait étrange à mes amies. Je suis, et ai toujours été, très attentive aux détails, donc elles s'attendront à ce que je sache tout de toi.

Un petit sourire ironique aux lèvres, Drake rétorqua :

— Comme s'il était possible de tout savoir d'une personne ! On ne peut savoir que ce que l'autre est prêt à nous révéler. Le reste est une question de suppositions.

— Avec qui es-tu allé vivre après le décès de tes parents ? Tes grands-parents ?

— Non. Mon père et ma mère avaient coupé tout lien avec leurs parents. Ma tante maternelle m'a pris en charge.

— Ça a dû être une période très difficile pour toi. As-tu été gravement blessé dans l'accident ?

— Je n'ai pas été blessé pour la bonne raison que je n'étais pas avec eux.

Un rictus amer accompagna ses paroles. Aerin eut l'impression qu'il s'en voulait de ne pas avoir été avec eux ce jour-là.

— Excuse-moi. La cicatrice sur ton sourcil et ton nez m'ont induite en erreur.

Drake passa la main sur son sourcil gauche.

— Non, les deux résultent d'une bagarre à l'adolescence, répondit-il avec une grimace indiquant qu'il n'en était pas fier.

— Donc tu n'étais pas dans la voiture ? J'avais toujours cru le contraire.

Sa culpabilité d'avoir survécu devait être pire dans ce cas. S'il avait été avec eux, elle ne l'aurait jamais connu. Cette pensée lui serra le cœur. Il faisait partie de sa vie depuis si longtemps qu'elle ne l'imaginait pas sans lui.

— Non, je n'y étais pas ce jour-là.

Cette fois encore, Aerin décela une note étrange dans sa voix. Du regret, une profonde tristesse ou un autre sentiment indéfinissable. Elle remarqua aussi ses poings serrés sur ses cuisses musclées, comme s'il lui était difficile de contenir les émotions déclenchées par cette conversation.

La voix du pilote s'éleva du haut-parleur, leur annonçant les conditions de vol ainsi que l'heure prévue d'arrivée. Tout en écoutant d'une oreille, Aerin se remémora ce que Drake venait de lui révéler et ne correspondait pas aux propos tenus par Tom. Apprendre la mort de ses parents avait dû être un choc énorme pour un adolescent de quinze ans. Sans parler de son changement de vie consécutif.

Comme l'appareil s'élançait sur la piste, elle posa une main sur le poing serré de Drake.

— Je suis désolée d'avoir fait remonter de douloureux souvenirs avec mes questions.

Il plaça sa main libre sur la sienne et referma ses doigts autour des siens. Tournant alors la tête, il lui adressa un faible sourire. Ses yeux avaient cependant une expression triste qui émut Aerin.

— Ne t'inquiète pas. C'est très loin tout ça, maintenant. Je suis allé de l'avant.

Elle fixa sa bouche. Ses lèvres étaient sensuelles, et une légère fossette ornait son menton, parsemée comme sa mâchoire d'une fine repousse de barbe. Une brusque envie la saisit de la caresser pour en sentir le piquant. Soudain, la chaleur de sa large paume sur sa main irradia dans tout son corps jusqu'au cœur de son intimité. Comme il captait son regard, elle réalisa n'avoir jamais été aussi près d'un homme. Près au point de voir chaque petit point de barbe, et de distinguer la profondeur veloutée de ses pupilles et le noir de ses iris. Assez près pour sentir son souffle chaud sur son visage.

Le cœur d'Aerin se mit à battre plus vite. Elle s'humecta les lèvres. Drake suivit son mouvement des yeux, puis lui posa une main sur la joue. Elle frissonna, vit son regard se fixer sur ses lèvres, et sentit leurs pouls s'accélérer à l'unisson.

— Vas-tu... m'embrasser ? demanda-t-elle en un souffle d'une voix soudain presque éraillée.

Oh ! oui, s'il te plaît, embrasse-moi. Bien sûr, elle était trop timide pour prononcer ces mots à voix haute. Et trop stupéfaite de le vouloir. En fait, elle était la proie d'une étrange force lui communiquant un besoin encore jamais éprouvé. Comme si un aimant ou le pouvoir sensuel de Drake l'attirait vers sa bouche. Pour la première fois de sa vie, elle avait envie d'embrasser un homme. Or, même si Drake ne correspondait en aucun point à son partenaire idéal, elle ne rêvait en cet instant que de sentir ses lèvres sur les siennes.

Elle les vit alors s'étirer en un sourire.

— Ce serait flirter avec le danger, tu ne crois pas ?

Elle cilla tout en aspirant une bouffée d'air.

— Que veux-tu dire ?

Drake lui souleva le menton, puis capta son regard.

— Ça ne fait pas partie de notre marché.

En effet, celui-ci se limitait à des bisous, mais son besoin d'être embrassée était trop intense pour être ignoré.

— On en avait évoqué la possibilité...

— En public. Mais personne ne nous observe ici, maintenant.

Raison de plus pour qu'il l'embrasse ! Aerin ne tenait pas à recevoir son premier baiser devant des spectateurs curieux. Elle voulait qu'il soit intime, spécial. Or personne ne pouvait être plus spécial que Drake car elle le connaissait, lui faisait confiance et savait que rien de mal ne pourrait lui arriver avec lui.

— D'accord, mais j'ai besoin de m'entraîner avant le moment crucial.

Prenant alors une profonde inspiration, elle ajouta :

— Je n'ai encore jamais été embrassée, alors que se passera-t-il si je ne sais pas faire ?

— Sérieusement, ça ne t'est jamais arrivé ?

Son ton stupéfait renforça l'impression d'Aerin d'être un véritable objet de curiosité. Retirant sa main, elle détacha sa ceinture de sécurité, puis se leva, histoire de mettre une certaine distance entre eux.

— Je t'en prie, amuse-toi. Moque-toi de moi pour être si... peu adaptée aux mœurs actuelles.

Drake se leva à son tour, lui prit la main, puis en caressa le dessus du pouce.

— Hé, regarde-moi.

Elle leva les yeux, rencontra son regard soucieux et se mordit la lèvre.

— Un homme tel que toi change de partenaire chaque semaine, je le sais. Je dois donc te paraître comme parachutée d'un autre siècle.

— Je suis simplement sidéré que tu n'aies jamais été embrassée car, j'en suis certain, tous les hommes que tu rencontres doivent en mourir d'envie.

— Toi y compris ?

Un sourire fleurit sur la bouche de Drake.

— Serais-tu en train de flirter avec moi, Boucle d'or ?

— C'est possible.

Et Aerin ramena les yeux sur les contours sensuels de la bouche de Drake. C'était la plus belle qu'elle ait jamais vue sur un homme. Elle l'avait pourtant aperçue des centaines de fois sans jamais la remarquer... ou peut-être avait-elle simplement prétendu ne pas la remarquer. À présent, l'ignorer lui était impossible.

Elle *voulait* qu'il l'embrasse.

Le désir avait allumé un brasier dans son corps qui menaçait de la consumer.

Drake lui passa une main dans les cheveux. À ce contact, des frissons lui parcoururent la peau. Son regard s'était tellement assombri qu'elle ne distinguait plus ses pupilles de ses iris, et son souffle sur sa peau s'était fait plus rapide. Elle eut le sentiment qu'il se livrait à une bataille intérieure. Il voulait l'embrasser mais en combattait l'envie. Comme elle. Après avoir attendu si longtemps son premier baiser, serait-ce une erreur de le donner à Drake tout en sachant qu'il n'était pas le partenaire idéal ? Mais comment résister quand il était le seul qu'elle ait jamais voulu embrasser ?

Il laissa glisser sa main pour prendre la sienne. Soudain, Aerin sentit l'atmosphère se charger d'électricité entre eux. Elle suspendit son souffle.

La fixant droit dans les yeux, Drake murmura :

— Une fois que je t'aurai embrassée, comédie ou non, notre relation changera.

— Comment ça ? Il s'agit d'un baiser entre... amis, n'est-ce pas ?

— Des amis qui prétendent être des amants.

Aerin déglutit. En réalité, elle ne l'avait jamais considéré comme un ami. On aimait ses amis, on passait du temps avec eux, c'étaient des gens avec qui on partageait des goûts ou des idées, qui étaient prêts à nous aider et vice versa. Drake Cawthorn ne correspondait pas à cette description. Pourtant, il avait volé à sa rescousse en acceptant de l'accompagner à cette réunion.

— À vrai dire, je n'ai jamais vu un ami en toi. Tu es celui de mon frère, et l'avocat à qui j'envoie mes clients pour leurs contrats de mariage.

Il lui lança un petit regard ironique.

— Dans ce cas, pourquoi as-tu fait appel à moi pour ce week-end ?

Question piège...

— Quand Harper me l'a suggéré, j'ai aussitôt rejeté l'idée. Pour être franche, j'étais horrifiée. Puis je me suis trouvée près de ton bureau et j'ai commencé à y réfléchir davantage. J'ai trouvé plus logique de te le demander à toi qu'à un inconnu.

Elle marqua une légère pause avant d'ajouter d'un air contrit :

— Et le temps était compté.

Lui levant la main, Drake la porta à un centimètre de sa bouche.

— La détresse nous pousse tous à faire des choses que nous regrettons plus tard.

Comme il lui effleurait alors des lèvres le bout des doigts, Aerin frissonna de la tête aux pieds. Son cœur s'emballa. Elle eut une sensation accrue de la chaleur du corps de Drake. Puis, fascinée par son regard, elle se sentit pencher, de plus en plus près de lui... Libérant sa main, il l'attira contre lui. Au contact de son grand corps, un désir brutal la submergea.

La bouche de Drake s'arrêta alors à quelques millimètres de la sienne.

— Es-tu sûre de le vouloir ? demanda-t-il d'une voix rauque.

— Certaine.

Et elle l'était. Aerin voulait qu'il soit le premier à l'embrasser. Tant pis s'il n'était pas son âme sœur, elle désirait trop ardemment sentir ses lèvres sur les siennes. C'était peut-être une erreur, mais en cet instant l'appel de ses sens était trop fort. Dans la seconde suivante, il posa avec douceur ses lèvres fermes sur sa bouche. D'une main au creux de ses reins il la pressa contre lui tandis que de l'autre il prenait sa joue en coupe. Il approfondit alors son baiser, entraînant sa langue dans une danse sensuelle. Une multitude de sensations déferlèrent en elle pour s'accentuer au contact évident de son désir. Lui faire un tel effet la combla. Il la voulait aussi intensément qu'elle le voulait...

Aerin lui glissa les mains autour du cou et s'abandonna au plaisir de cet instant sublime. Son cœur battait la chamade, son corps était en feu et, soudain, il n'y eut plus qu'eux au monde.

Lorsqu'il se détacha de ses lèvres, il cilla, puis afficha son habituel sourire ironique.

— Alors, après avoir réservé si longtemps ton premier baiser, ma performance était-elle à la hauteur de tes attentes ?

Son choix de mots la piqua au vif. Elle l'avait cru aussi emporté qu'elle par la passion, et il ne s'agissait que d'une *performance* de sa part ? Sans un regard, elle se rassit et boucla sa ceinture en un geste catégorique.

— C'était... bien, je pense.

Drake se rassit et lui prit la main.

— Je suis désolé. Cette réflexion était indélicate. En vérité...

Il hésita, capta son regard puis reprit :

— En vérité, je crois avoir un peu trop apprécié ce baiser.

— Vraiment ?

Les traits de Drake s'affaissèrent.

— Tu ne t'en es pas rendu compte ?

Une douce chaleur envahit les joues d'Aerin tandis qu'une autre plus intense déferlait dans ses veines jusqu'au cœur de sa féminité.

— Je suis heureuse que le plaisir n'ait pas été unilatéral.

Un sourire fleurit sur les lèvres de Drake.

— Il ne l'était certainement pas.

Levant une main, Aerin suivit la cicatrice sur son sourcil, puis descendit le long de l'arête de son nez.

— Ça a été douloureux ? demanda-t-elle, sensible au seul fait de sentir sa peau sous son doigt.

— Ça m'a fait un mal de chien.

— Tu n'as jamais envisagé une opération esthétique pour le redresser ?

— Non.

— Comment s'en est tiré l'autre gars ?

Drake fit une grimace, lui prit la main et recommença à en caresser le dessus du pouce.

— Beaucoup mieux que moi. Il était plus grand, plus fort, plus méchant et adepte des coups bas. Je n'avais aucune chance.

Aerin imagina sans peine combien ce combat avait dû être déloyal.

— Tu as eu de la chance de ne pas être tué.

Un drôle d'éclat éclaira les yeux de Drake, et un rictus ourla sa lèvre supérieure.

— Oui, j'ai eu beaucoup de chance.

4

Drake bénit la courte durée du vol car rester sagement assis à côté d'Aerin après l'avoir embrassée devint vite un supplice. Les sens en feu, il ne pensait qu'à prendre de nouveau possession de ses lèvres si douces.

Dire qu'il avait eu la chance de lui donner son premier baiser...

Il tenta de ne pas trop y réfléchir, mais comment y arriver alors qu'il s'agissait d'une étape si importante ? Aerin avait attendu si longtemps pour finalement être embrassée... par lui ! L'avait-elle choisi parce qu'il lui était familier, et non un total inconnu ? Parce qu'elle avait senti le courant d'énergie sensuelle qui était passé entre eux en début de semaine dans son bureau ? Quoi qu'il en soit, devenir intimes n'était bon pour aucun d'eux. Ce week-end était une comédie, ils n'avaient pas de réelle liaison. Lui, d'ailleurs, ne pouvait s'autoriser à être proche d'elle – ni de quiconque. Pourtant, elle lui avait soutiré beaucoup plus d'informations personnelles qu'il n'en avait données jusque-là à personne. Même pas au psychologue qui lui avait été imposé adolescent.

Drake était trop conscient du danger de sombrer dans les sentiments, raison pour laquelle il ne restait avec ses compagnes que pendant de courtes périodes. Or un week-end avec Aerin était l'affaire de seulement deux jours, mais il serait semé d'embûches émotionnelles dans la mesure où leur relation venait de passer de superficielle à intime.

En un instant, tout avait changé. Drake avait senti des ondes se propager en lui comme si son corps était en train d'être entièrement reprogrammé. Même si ce baiser était le premier pour elle, il avait eu l'impression qu'il en était de même pour lui. La douce pression des lèvres d'Aerin avait allumé un feu d'artifice dans ses veines. Un féroce désir lui avait fondu dessus, et à présent il voulait plus.

Or plus était impossible.

Drake savait se contrôler. Il avait travaillé longtemps et durement pour maîtriser ses émotions après avoir vu combien elles s'avéraient dangereuses pour ceux qui y laissaient libre cours. Il portait encore les marques physiques des confrontations avec son père lors de sa jeune adolescence. Ses faibles tentatives pour protéger sa mère et sa sœur n'avaient servi à rien, au final. Il restait seul avec ses cicatrices, de profondes blessures émotionnelles et la culpabilité de n'avoir pas réussi à les sauver. Il les avait aimées et perdues.

Jamais plus il n'aimerait.

Bella, une des anciennes camarades de classe d'Aerin, les accueillit dans le hall d'entrée du manoir qu'elles avaient loué pour l'occasion.

— Te voilà enfin ! s'exclama-t-elle avant de se tourner vers Drake. Et vous êtes ?

— Drake Cawthorn.

— Vous n'imaginez pas à quel point nous sommes toutes ravies de faire enfin votre connaissance.

Aerin apprécia la main chaude de Drake posée sur sa hanche en remarquant les regards aussi curieux qu'intéressés de ses amies. Voir Bella, Julia, Suzy et Chantal bras dessus, bras dessous avec leur partenaire renforça sa conviction qu'amener Drake avait été la meilleure solution. Elle n'aurait jamais supporté de venir seule. Ses copines étaient heureuses en couple, et c'était leur dernière réunion avant le départ de Julia pour l'Australie, il était donc crucial que tout se passe à la perfection. Jouer la comédie la mettait cependant mal à l'aise. En effet, leur baiser dans l'avion l'avait troublée, mais il ne déboucherait sur rien car leurs buts de vie différaient et ce qu'ils partageaient se limitait à un jeu de rôle.

Seul son sourire heureux n'était pas factice. Son corps fourmillait encore de délicieuses sensations après l'intensité de leur baiser, et la proximité de Drake lui donnait envie d'être encore plus proche de lui.

— Je vous remercie. Je suis moi aussi enchanté de découvrir les amies d'Aerin, dit-il de sa voix grave de baryton.

Une fois les présentations faites, les baisers et poignées de main échangés, ils montèrent dans leur chambre afin de se préparer pour le dîner.

— Nous y voilà, dit-il en ouvrant la porte. La « Suite bleue ».

Aerin jeta un coup d'œil alentour. Des meubles anciens de prix et un lit à baldaquin !

— On a l'impression de pénétrer dans un autre siècle.

Un pli barra le front de Drake.

— Je ne vois pas de canapé.

Effectivement, il y avait un bureau, des commodes et une causeuse.

— Il y a peut-être une autre chambre ici, répondit-elle en ouvrant une porte. Oh ! non, c'est la salle de bains.

— Nous avons un problème.

Les joues d'Aerin s'enflammèrent.

— Oui, on dirait.

Leurs regards se croisèrent, puis Drake déclara :

— Je coucherai sur le tapis.

— Non, ce serait trop inconfortable. Cela ne me dérange pas de partager le lit. Je veux dire, si tu te mets d'un côté et moi de l'autre.

Les coins de la bouche de Drake se soulevèrent en un sourire qui n'arrangea pas le pouls déjà emballé d'Aerin.

— Es-tu certaine de pouvoir garder tes mains loin de moi ?

Elle lui lança un regard faussement outragé.

— Je ne me suis pas jetée sur toi. Tu m'as embrassée de ton plein gré, si mes souvenirs sont exacts.

— Effectivement.

Sous le regard soudain plus sombre de Drake, Aerin détourna les yeux puis s'affaira à ouvrir sa valise pour dissimuler son trouble.

— Nous avons une demi-heure avant le dîner.

— Je vais faire un tour dans le parc afin de te laisser te préparer.

Elle sortit sa robe longue en velours bleu marine, la secoua pour la défroisser et l'étala sur le lit.

— Les autres risquent de trouver cela bizarre. En plus, il fait nuit. Je vais me changer dans la salle de bains.

— Aerin, tu es en sécurité avec moi. Quoi qu'il arrive.

— Je sais. C'est pour cela que je t'ai demandé de m'accompagner plutôt qu'à un homme inconnu en qui je n'aurais pas eu confiance.

Il lui lança un petit sourire ironique.

— Tu me fais encore confiance après ce baiser ?

— Oui, j'ai confiance en toi.

Son regard dériva alors sur sa bouche. Elle se mordit la lèvre puis ajouta :

— Je ne suis cependant pas certaine de me faire confiance.

Leur baiser lui avait donné envie de plus… Comment résister à la tentation ? Mais devrait-elle y résister ? Drake avait éveillé en elle une sensualité qui la faisait se sentir forte. Décidément elle avait raté de grands moments en évitant les rendez-vous galants. Sa chance de gagner un peu d'expérience venait de se présenter. Il n'était pas son homme idéal, mais cela ne l'empêchait pas de batifoler avec lui. Ou bien se persuadait-elle de se lancer dans une aventure avec lui justement parce qu'elle savait qu'il ne lui en offrirait qu'une sans lendemain ?

Soudain, sans qu'Aerin sache qui avait fait le premier pas, ils se trouvèrent à quelques centimètres l'un de l'autre, et Drake lui prit les mains. Ce seul contact lui déclencha des frissons dans tout le corps.

— Les baisers et contacts s'arrêteront après le week-end, dit-il en la regardant droit dans les yeux.

— Je sais.

— Je ne suis pas l'homme de tes rêves.

Pourquoi diable avait-il besoin de le lui rappeler ? Il ne cochait aucune case de sa liste. Pourtant… elle ne pouvait se le sortir de la tête et attendait le prochain baiser avec impatience.

— J'en suis consciente.

Drake abaissa les yeux sur sa bouche, puis les ramena sur elle et prit une profonde inspiration avant de la fixer.

— De combien de temps as-tu besoin pour te préparer ?

— Une dizaine de minutes. Ça te va ?

— Tu n'as pas à te presser. Je dois répondre à quelques mails. Fais comme si je n'étais pas là.

Plus facile à dire qu'à faire !

Aerin drapa sa robe sur un bras, saisit sa trousse de maquillage puis s'enferma dans la salle de bains.

Drake s'occupa de ses mails, mais son esprit vagabondait. Il imagina Aerin ôtant ses vêtements de voyage pour enfiler la superbe robe qu'elle avait apportée. Le velours au bleu profond ferait ressortir son teint clair et le gris-bleu de ses yeux.

Abandonnant son téléphone, il mit son smoking, et s'apprêtait à nouer son nœud papillon lorsqu'elle sortit de la salle de bains. Ses mains se figèrent. Il retint son souffle. Elle avait rassemblé ses cheveux en un chignon flou qui faisait ressortir son long cou élégant. Des pendants en saphir et diamants brillaient sous ses oreilles. Son maquillage, quoique discret, mettait en valeur ses traits aristocratiques, et une touche de couleur soulignait ses pommettes. Elle ressemblait à une princesse prête à assister à un bal.

Sa robe était encore plus éclatante que dans son imagination. Elle dénudait une épaule et moulait son corps fin aux bons endroits. Ceux-là mêmes qu'il rêvait de caresser mais ne devait en aucun cas toucher. Pourquoi diable avait-il accepté de l'accompagner ? Il allait devoir faire preuve d'une volonté d'acier pour se contenter de la regarder ! Quelle folie d'avoir pensé qu'un baiser ne changerait rien entre eux. Tout avait changé en un éclair. Il ne pouvait s'empêcher de penser à la douceur de ses lèvres, à leur goût, et le désir battait encore dans ses veines.

— Tu es... éblouissante...

En tant qu'avocat plaidant, il était rare pour Drake de se trouver à court de mots, mais en cet instant il avait de la peine à construire une simple phrase.

Aerin lui adressa un sourire timide tandis que ses joues se teintaient d'une charmante touche de rose. Elle tourna d'un côté à l'autre, faisant virevolter le bas de sa robe.

— Tu trouves ? J'ai hésité à choisir ce décolleté car je porte d'ordinaire des tenues plus couvrantes.

— Tu es superbe, dit-il tout en ayant du mal à détacher les yeux du fameux décolleté.

— Peux-tu m'aider ? Le fermoir est trop compliqué pour que j'y arrive seule.

Elle ouvrit la main pour lui montrer une fine chaîne au milieu de laquelle pendaient des saphirs et des diamants assortis à ses boucles d'oreilles.

Drake prit le collier.

— Tourne-toi.

Dès qu'il s'approcha pour lui passer la chaîne autour du cou, son parfum fleuri lui titilla les sens. Il s'efforça de se concentrer pour se retenir d'enfouir le nez dans ses cheveux. Hélas, le fermoir était petit et, pour ne rien arranger, ses doigts n'étaient pas aussi impassibles qu'il l'aurait souhaité. Ses battements cardiaques l'étaient encore moins.

— Le fermoir est sournois, n'est-ce pas ? demanda Aerin d'une voix soudain rauque.

— Oui, ou c'est moi qui ai besoin de lunettes. Non, c'est bon, j'y suis.

Il recula. Aerin se retourna. Le bijou scintillait juste au-dessus de sa poitrine.

— Je te remercie, dit-elle en faisant glisser le pendentif sur sa chaîne. Ma grand-mère m'a offert cette parure à mon dernier anniversaire.

— Elle est très belle. Et toi aussi.

Le rose de ses joues s'accentua. Elle lâcha le collier.

— Merci. Puis-je t'aider avec ton nœud papillon ?

Bien que tout à fait capable de le nouer lui-même, il ne put résister au plaisir d'être plus près d'elle.

— Avec plaisir. Je suis trop snob pour en acheter un tout fait à clipper.

Aerin se rapprocha. Drake inspira une nouvelle bouffée de son parfum enivrant. Il ne pourrait plus sentir de rose ou de lis sans penser à elle. Tandis qu'elle nouait le nœud papillon avec dextérité, le mouvement de ses doigts si proches de son cou le fit frissonner. Il les imagina aussitôt sur d'autres parties de son corps. Le résultat fut immédiat. En un éclair, le désir fusa dans ses veines. Des frissons lui parcoururent le corps. Comment diable allait-il garder ses distances avec elle quand il n'avait qu'une envie, goûter encore à ses lèvres et presser ses délicieuses courbes contre lui ?

Elle ajusta alors le nœud papillon puis, lui tapotant le torse, déclara d'un air satisfait :

— Voilà, tu es prêt.

Avant qu'elle ne puisse reculer, il lui saisit la main et la plaqua contre son cœur. Il capta son regard. Elle s'humecta alors les lèvres, et ce mouvement fit grimper son désir jusqu'à un point difficilement supportable.

— Je m'étais promis de ne pas refaire ça, dit-il après avoir pris une profonde inspiration.

— Refaire quoi ?

Drake sourit tristement.

— Tu le sais bien.

— Tu as envie de m'embrasser encore ?

Il lui écarta un cheveu imaginaire du front.

— N'aie pas l'air si surprise, Boucle d'or. Je n'arrive pas à oublier notre premier baiser.

— Mon premier baiser, pas le tien. Tu as certainement embrassé des centaines de femmes.

— Aucune comme toi.

Et il porta sa main à ses lèvres pour en baiser chaque jointure, sans lâcher son regard.

Aerin frémit puis fit un pas vers lui, comme attirée par une force magnétique, la même qui le portait vers elle.

— Pourquoi ? Suis-je si différente de tes compagnes habituelles ?

— Tu l'es en trop de points pour les énumérer.

Lui lâchant alors la main, il lui adressa un petit sourire en coin avant d'ajouter :

— On ferait mieux de descendre dîner, sinon tes amies vont nous imaginer trop occupés pour les rejoindre.

Les joues d'Aerin s'enflammèrent. Elle se détourna aussitôt pour observer son reflet dans le miroir, y croisa son regard un bref moment puis repositionna son pendentif.

— J'ai mauvaise conscience de leur mentir. J'aurais dû être franche, leur dire que je n'avais pas encore rencontré l'amour de ma vie. Mais je ne voulais pas que notre dernière réunion tourne autour de mes attentes trop exigeantes et mes rêves irréalisés.

Elle poussa un long soupir puis ajouta :

— Si seulement je pouvais abréger ce week-end. Je ne suis pas douée pour jouer la comédie, ou mentir d'ailleurs, ce qui dans notre cas revient au même. J'ai peur de me ridiculiser devant elles et leurs partenaires.

Drake lui posa les mains sur les épaules, croisant son regard dans le miroir.

— Nous n'avons pas à rester tout le week-end. Nous pouvons partir demain matin à la première heure. Tu pourrais dire à tes amies qu'on va passer deux jours ailleurs en toute intimité.

Tout en prononçant ces mots, il était conscient du danger d'une telle proposition, mais il avait vraiment envie d'être seul avec Aerin.

Ses grands yeux bleus s'écarquillèrent.

— Tu serais d'accord pour que nous partions ailleurs ensemble ?

— Bien sûr. Ne plus avoir à prétendre être ce que nous ne sommes pas sera reposant.

Même si s'échapper avec elle était on ne peut plus irraisonnable, son désir de le faire avait pris le contrôle de son cerveau d'ordinaire si rationnel.

Une escapade secrète, tous les deux, entièrement seuls…

C'était un sacré risque à prendre. Mais était-ce pire que de jouer les amants deux jours durant en compagnie de ses anciennes camarades de classe et de leurs partenaires ? Seuls ensemble, ils pourraient au moins se détendre et profiter de leur compagnie réciproque en toute amitié sans craindre de se trahir. En effet, plus Drake prétendait être l'amant d'Aerin, plus il avait envie de l'être. Il craignait de laisser la comédie aller trop loin, de passer du jeu à la réalité. La limite entre feindre la passion et la ressentir était ténue. Il l'avait déjà franchie. Peut-être même depuis l'instant où elle était venue dans son bureau. Trouver le moyen d'éteindre cette attirance avant que l'un d'eux ne soit blessé était impératif.

Comme Aerin se tournait vers lui, il fourra les mains dans ses poches, serrant les poings pour se retenir de la toucher. Le mal était cependant déjà fait. Une flamme brûlait en lui, qui ne demandait qu'à s'embraser.

— Ton idée est tellement bonne, Drake. C'est la solution parfaite. Cela réduira en plus le risque de voir une photo de nous sur les réseaux sociaux. On pourra expliquer qu'on a besoin de temps seuls avant d'annoncer notre relation à nos amis et parents.

Drake fut heureux qu'Aerin ne puisse pas lire dans ses pensées. Il se demandait encore comment il allait survivre à une nuit seul avec elle dans la chambre. Bien qu'il soit fier de sa capacité à se maîtriser, cette ravissante jeune femme représentait une tentation à laquelle il n'était pas préparé.

Or il l'avait toujours été jusque-là.

Il se sentit soudain… un peu vulnérable.

5

Pour la première fois de toutes leurs réunions, Aerin apprécia le dîner. Faire partie d'un couple – même si Drake et elle n'en étaient pas un à proprement parler – était très agréable. D'accord, ils jouaient la comédie, mais de temps à autre il lui lançait un regard intime, lui souriait et son cœur se faisait léger dans sa poitrine. Tout le monde était d'humeur joyeuse ; les conversations allaient bon train autour de la table. Drake y participait par moments, toujours charmant et décontracté. La plupart du temps cependant, il observait les autres sans rien révéler de lui-même.

Chantal se pencha vers elle, tandis que Taddeo, son compagnon, discutait d'un investissement qu'il s'apprêtait à faire dans le secteur informatique.

— Je suis tellement heureuse que Drake et toi soyez ensemble. Tom doit être drôlement content que vous ayez enfin craqué l'un pour l'autre. Tes parents aussi. Tu as toujours eu des exigences tellement élevées en ce qui concerne les hommes. Je pensais qu'il ne te plaisait pas car tu prenais un air hautain chaque fois que l'on prononçait son nom. Depuis combien de temps vous fréquentez-vous ?

Chantal étant une amie de longue date et la connaissant

plutôt bien, Aerin préféra rester le plus près possible de la vérité.

— Notre relation est trop récente pour savoir où elle va nous mener, c'est pourquoi nous la gardons secrète pour le moment.

— En attendant, il est sublime, et la manière dont il te regarde est touchante. J'adore voir un homme tomber éperdument amoureux.

Tiens donc… Drake semblait jouer son rôle à la perfection. Aerin espéra être aussi convaincante. Elle tourna la tête vers lui, ils se sourirent, et il lui adressa un clin d'œil qui lui fit monter le rose aux joues et lui enflamma les sens.

Mais dans quelle mesure jouait-elle la comédie ?

Depuis leur voyage en avion, elle le voyait sous un jour très différent. Plus elle passait du temps avec lui, plus elle réalisait l'avoir mal jugé par le passé. Son cynisme dissimulait une sensibilité qu'il refusait de montrer. Sa détermination à ne jamais tomber amoureux laissait entrevoir un homme craignant de s'engager par peur de souffrir. Donc il était capable d'aimer, mais avait choisi de ne pas le faire.

Le dîner terminé, leur bal commença. Le souvenir des années précédentes où elle faisait tapisserie jusqu'à ce que le partenaire d'une de ses amies se dévoue pour la faire danser fondit sur Aerin. Mais Drake l'entraîna aussitôt sur la piste, et elle se retrouva à tournoyer à son bras comme s'ils avaient fait cela ensemble toute leur vie.

— J'ignorais que tu dansais si bien, lui dit-elle tandis qu'il la faisait évoluer en évitant avec adresse une collision avec les autres couples.

— Tu peux parler. C'est toi, la spécialiste.

Drake l'attira si près de lui que leurs hanches se touchèrent. Le cœur d'Aerin se mit à battre à un rythme effréné, qui n'avait rien à voir avec l'énergie développée en dansant.

Être si près de lui éveillait dans son corps des sensations inédites. Elle avait l'impression d'avoir soudain du feu dans les veines, et était en proie à un désir qu'elle ne savait comment contrôler. Avoir une aventure passagère n'avait jamais fait partie de ses projets. Elle voulait l'amour avec son âme sœur. Un engagement éternel. Danser avec Drake la poussait cependant à assouplir ses exigences. À explorer l'alchimie qui venait d'exploser entre eux.

Elle rit.

— Tes compliments sont trop généreux. Je t'ai marché sur les pieds au moins deux fois.

— Je ne l'ai pas remarqué, répliqua-t-il avec un petit sourire.

Brusquement un courant quasi électrique se mit à grésiller entre leurs yeux et se propagea dans tout le corps d'Aerin. Elle eut une conscience aiguë de la grande main de Drake au creux de ses reins, dont la chaleur irradiait dans sa chair. Cet appel primaire du corps était irrésistible.

Le regard de Drake s'assombrit, il abaissa la tête. Sa bouche touchait presque la sienne. Le besoin de la sentir sur la sienne la submergea.

— Embrasse-moi...

Ces mots étaient sortis en un murmure à peine audible. Elle crut qu'il ne l'avait pas entendue avec la musique, mais il posa ses lèvres sur les siennes et, accentuant la pression de sa main au bas de son dos, il la plaqua contre sa virilité.

En proie soudain à un désir violent, elle répondit à son baiser avec ardeur.

Lorsque Drake releva la tête, du feu brillait dans ses yeux. Sans se séparer d'elle, il murmura :

— Crois-tu que tes amies seraient fâchées si nous partions ce soir au lieu de demain matin ? Je connais un endroit à environ une heure de route, complètement privé, où tu pourrais avoir ta propre chambre.

Après n'avoir partagé son lit que de manière occasionnelle avec une amie pendant trente ans, Aerin éprouva une certaine déception face à son insistance pour la laisser dormir seule. Sa suggestion indiquait toutefois son souci de la savoir confortablement installée, ce qui la toucha.

— Comment allons-nous expliquer ce départ précipité ?

— Je leur dirai que j'ai planifié une escapade romantique dans un cottage isolé au bord d'un loch.

Aerin inclina la tête, scrutant son regard.

— Cela semble en effet extrêmement romantique. Mais elles risquent de penser que tu vas me demander ma main. Cela ne t'inquiète pas ?

Il haussa une épaule.

— Nous savons tous deux que cela n'arrivera pas.

Bien sûr, elle ne voulait pas de demande en mariage de sa part dans la mesure où il ne correspondait en rien à son partenaire idéal, mais il n'avait nul besoin de se montrer si catégorique sur le sujet.

Plaquant un sourire sur son visage, elle demanda :

— Sais-tu pratiquer la réanimation cardio-respiratoire ?

— Oui, pourquoi ?

— Parce que, si par miracle tu mettais un genou à terre, j'aurais une crise cardiaque sur-le-champ.

Le sourire de Drake se limita à sa bouche.

— Si par miracle tu disais oui, j'en aurais une aussi.

En fin de compte, le projet de Drake d'enlever Aerin pour le week-end ne surprit personne. Ses amies et leurs compagnons leur firent leurs adieux à grand renfort de gestes et cris comme s'ils partaient en lune de miel.

Tout en conduisant dans la nuit noire, Drake lui jetait de fréquents coups d'œil.

— Nous avons encore une demi-heure de route avant

d'arriver. Tu pourrais en profiter pour dormir, tu as l'air fatiguée.

Incapable de dissimuler un bâillement, Aerin s'excusa.

— Je le suis un peu. Je ne pense pas avoir autant dansé depuis des années. Jamais, en fait.

— Jouer la comédie est épuisant aussi.

Elle réfléchit à cette déclaration. Aurait-il trouvé odieux de feindre d'être amoureux d'elle toute la soirée ? Si c'était le cas, il l'avait bien caché.

— Oui, c'est possible. As-tu trouvé terriblement pénible de prétendre être amoureux ? Chantal était convaincue que tu étais épris de moi.

L'obscurité empêcha Aerin de lire son expression, mais il laissa passer quelques secondes avant de répondre.

— Les gens voient ce qu'ils ont envie de voir, surtout après plusieurs verres d'alcool.

— Il est vrai que le champagne a coulé à flots.

Elle étouffa un nouveau bâillement, puis ajouta :

— Je vais peut-être suivre ton conseil et dormir un peu. Réveille-moi si tu veux que je te remplace au volant.

— Je n'ai pas l'habitude de me laisser conduire. Désolé, c'est ma manière de vivre, même si cela peut me faire passer pour un maniaque du contrôle.

Bien que fatiguée, Aerin remarqua la note déterminée de sa voix, et se tourna vers lui.

— À cause de l'accident ?

Un long silence suivit sa question. Ayant soudain l'impression que la présence d'un fantôme planait entre eux dans la voiture, elle frissonna et serra son châle autour de ses épaules.

— Ce n'était pas un accident, laissa enfin tomber Drake d'une voix au timbre étrange.

Sa fatigue brusquement évaporée, elle se redressa sur son siège.

— Que veux-tu dire ?

Une grimace tordit la bouche de Drake.

— Ma mère et ma sœur ne sont pas mortes dans un accident de voiture.

Sous le coup du choc, Aerin sentit sa gorge se serrer.

— Comment, alors ?

Il rétrograda pour aborder un virage en épingle à cheveux. Même s'il conduisait bien, elle sentait une colère sous-jacente dans ses mouvements. Une colère qu'il tentait de contrôler.

— Elles ont été assassinées.

Ces mots firent l'effet d'une bombe à Aerin. Un accident était déjà tragique, mais un meurtre était insoutenable. Comment avait-il pu supporter un tel drame ? S'en remettrait-il jamais ? Soudain les termes exacts de sa phrase s'imposèrent à son esprit : « ma mère et ma sœur ». Et son père ? Cela n'avait pas de sens, ou du moins ne correspondait pas au peu qui lui avait été dit au sujet de sa famille.

— Je suis désolé, reprit Drake. Je n'aurais pas dû te le dire.

Elle humecta ses lèvres soudain sèches et croisa ses doigts pour les empêcher de trembler.

— Tu as mentionné ta mère et ta sœur, mais qu'en est-il de ton père ?

— Je t'en prie, oublie cette histoire. Je ne veux pas en parler. Jamais.

— Tom est au courant ?

— Non.

Un nouveau silence tomba entre eux, si complet qu'Aerin eut l'impression d'entendre les battements de son cœur résonner dans ses oreilles.

— Pourquoi ne le lui as-tu pas dit ? Vous êtes amis depuis si longtemps.

— Parce que j'ai choisi de ne révéler à personne ce qui s'est passé ce jour-là.

Or il venait de le lui dire. Pas tout. Assez cependant pour qu'elle éprouve le besoin d'en savoir davantage. Elle se passa une main dans les cheveux, ce qui libéra une partie des mèches de la pince qui les retenait.

— Je ne sais que dire, Drake. J'aimerais que tu me confies le reste, mais je comprends combien il doit t'être douloureux d'en parler. J'ignore comment tu as réussi à surmonter une telle épreuve. Bon sang, tu n'avais que quinze ans...

Drake changea de vitesse pour emprunter une allée boisée conduisant à un cottage baigné par la lumière de la lune en haut de la colline. En contrebas, les eaux sombres du loch étaient irisées de vaguelettes aux crêtes argentées sous l'effet d'une légère brise. Un paysage digne d'une carte postale.

Il s'arrêta devant le cottage en pierre, bien plus grand de près qu'il ne le paraissait d'en bas. Une fois le moteur coupé, il se tourna vers elle.

— Je te remercie.

— De quoi ?

— De ne pas m'avoir harcelé pour obtenir plus d'informations.

Aerin s'humecta les lèvres. Ce n'était pas l'envie qui lui en avait manqué. Toutefois, il n'était pas dans sa nature de pousser les gens dans leurs retranchements, et elle comprenait qu'il faille un certain niveau d'intimité avant de partager une aussi triste histoire. Mais elle était peinée que personne, même Tom, ne la connaisse. Drake n'avait-il pas confiance en lui ou ne se permettait-il pas de se fier à quiconque ?

— Si tu avais eu envie d'en parler avec quelqu'un, tu l'aurais fait depuis plusieurs années, j'imagine.

Drake lui prit une main dans la sienne puis, de l'autre, écarta une mèche échappée de son chignon.

— Tu as libéré tes cheveux.

Le petit sourire accompagnant ses paroles le rendit encore plus attirant, surtout avec son visage éclairé par la lune. Si attirant qu'elle cocha mentalement la première case de sa liste : « Grand brun séduisant ».

Incapable d'empêcher ses yeux de dériver vers sa bouche, Aerin prit une profonde inspiration. Dans l'espace restreint de l'habitacle, elle sentait le parfum citronné de son eau de toilette, un arôme si délicieusement attrayant que les prémices du désir se manifestèrent au cœur de son intimité. L'attirait-elle aussi ?

Soudain les yeux de Drake se voilèrent, il se pencha, lui prit la tête entre les mains et posa ses lèvres sur les siennes. Celles d'Aerin s'entrouvrirent sous la pression de sa langue, tandis que son cœur s'emballait. Lui passant les doigts dans les cheveux, elle s'abandonna à son baiser. Le lieu, l'obscurité et la lune nimbaient l'atmosphère d'une aura de magie, semblable à celle d'un conte de fées. Elle retrouva les délicieuses sensations de leurs deux premiers baisers puis, au moment où le désir lui faisait bouillir le sang, Drake se détacha d'elle.

— Je ne t'ai pas amenée jusqu'ici pour te séduire, dit-il avant d'ajouter avec un petit sourire : Mais je crains que t'embrasser soit devenu une sorte d'addiction.

Du bout d'un doigt, elle lui effleura le contour des lèvres.

— Il y en a de pires, tu ne crois pas ?

— Oui.

Détachant alors sa ceinture de sécurité, Drake ouvrit sa portière. Un courant d'air froid balaya aussitôt la voiture, mais encore sous l'emprise du désir après leur baiser passionné Aerin n'y prêta pas attention. Elle voulait plus. Beaucoup plus. Faire l'amour avec lui. Une demande difficile à formuler et en désaccord avec ses principes de vie car, en plus de ne pas être l'homme de ses rêves, il ne lui offrirait qu'une aventure passagère. Était-ce pure naïveté de penser qu'il pourrait changer pour elle ?

Quelques minutes plus tard, ils pénétraient dans le cottage. Drake monta leurs bagages dans les chambres pendant qu'elle leur préparait une tisane. En entendant ses pas à l'étage, son esprit se mit à vagabonder. Cette maison, si confortable et isolée, était l'endroit idéal pour un rendez-vous intime. Comment avait-il pu le réserver si vite ? Lui ou un de ses amis en était-il le propriétaire ? Y était-il déjà venu avec une maîtresse ? Il avait aussi pu l'y amener parce que l'idée de passer la nuit dans la même chambre qu'elle lui était insupportable.

Comme les pas de Drake résonnaient dans l'escalier, elle le rejoignit dans le salon avec leurs mugs sur un plateau.

Du papier surmonté de petit bois était déjà préparé dans la cheminée. Il s'accroupit, craqua une allumette et attendit que le feu ait pris pour ajouter une bûche.

— Merci pour la tisane. Ta chambre donne sur la forêt. C'est la seule qui ait un verrou. La mienne est un peu plus loin dans le couloir.

Elle posa le plateau sur une table basse entre deux canapés disposés de part et d'autre de la cheminée, puis s'assit sur l'un d'eux.

— Tu crois que je n'ai pas confiance en toi ?

Si seulement il savait que c'était en elle qu'elle n'avait pas confiance. Il avait éveillé un besoin dont elle ignorait jusque-là l'existence, et dont l'intensité la stupéfiait.

Drake se releva et prit son mug. Son expression était indéchiffrable.

— La plupart du temps, j'ai été entouré de gens qui tenaient certains propos mais agissaient à leur encontre. Je veux que tu te sentes totalement en sécurité avec moi.

Aerin prit sa tasse puis replia ses jambes sous elle sur le canapé.

— J'ai une totale confiance en toi, Drake.

Ils burent en silence, puis elle ajouta :

— Tu as eu accès à ce cottage si vite et sembles si bien connaître les lieux que je me suis demandé s'il t'appartenait ou si tu y avais déjà amené des maîtresses.

Un petit sourire étira les coins de la bouche de Drake.

— Il est à moi, en effet, et je n'y ai jamais amené personne avant toi. Je ne l'ai que depuis quelques mois.

Il posa alors son mug sur le manteau de la cheminée avant de poursuivre.

— C'est une propriété parmi plusieurs que j'ai achetées pour en faire des refuges sûrs pour des femmes dans le cadre d'une organisation caritative que j'ai fondée il y a quelques années.

Aerin resserra les mains autour de son mug, incapable de détacher son regard de Drake. Avec la lumière des flammes jouant sur son visage, il avait l'air d'un héros sorti tout droit d'un roman de Jane Austen ou d'Emily Brontë – insondable, au charme ténébreux et mystérieux.

— Il est donc destiné à accueillir des femmes obligées de fuir des compagnons violents ? Pourtant, il est tellement isolé qu'elles doivent y avoir peur.

— Il ne l'est pas autant que tu le crois. Tu vois ces claviers près des portes ?

Elle regarda celui du salon, mais en avait déjà remarqué un dans la cuisine et un dans l'entrée.

— Ce sont des dispositifs de sécurité reliés au commissariat. En cas de danger, la police arrive en quelques minutes. Ce cottage est cependant plus un refuge de vacances pour des familles ayant besoin d'un temps de guérison une fois toute menace écartée.

— Tu veux dire une fois que l'agresseur est sous les verrous ?

— Exactement.

Un long silence suivit, troublé seulement par le crépitement du bois dans la cheminée et le sifflement du vent à l'extérieur.

Drake regarda les flammes, ce qui permit à Aerin de l'observer. Un pli lui barrait le front, comme si de douloureux souvenirs le troublaient. Ceux-là mêmes évoqués dans la voiture... Mais comment lui demander des détails sans paraître insensible ? Il lui avait dit et répété ne pas vouloir discuter de son passé.

Aerin posa son mug sur la table.

— C'est merveilleux d'avoir fondé cette organisation caritative pour aider les gens. Pour être franche, je trouvais ta spécialité en contrats prénuptiaux peu engageante. Mais tu as pu voir de près combien un divorce ou une rupture désavantage souvent les femmes, j'imagine.

Drake vint s'asseoir sur le canapé face au sien, son expression toujours grave.

— Perdre le contrôle de leurs finances est toujours difficile pour les femmes, comme pour certains hommes. Les divorces sont au mieux compliqués mais, quand il s'agit de partager des biens ou de l'argent, il est choquant de voir jusqu'à quelles extrémités les gens sont prêts à aller. Un contrat de mariage facilite la séparation.

— Oui, mais au moment où ils se marient les gens aiment leur partenaire. Vouloir rédiger un contrat peut sembler peu romantique, voire une marque de méfiance. Cela revient à dire : « Nous nous aimons, mais ça pourrait ne pas durer. »

Elle fronça le nez en signe d'autodérision pour ajouter :

— Je suis désolée. Je dois te paraître si naïve, confiante et romantique.

Drake lui décocha un sourire qui lui fit palpiter le cœur.

— Promets-moi de signer un contrat le jour où tu rencontreras M. Parfait. Je te l'établirai gratuitement.

Aerin soupira et étendit les jambes.

— Je commence à me demander si un tel homme existe. J'ai toujours eu des normes si élevées pour tout. Je ne fais jamais rien à moitié. Raison pour laquelle j'ai presque atteint mes trente ans sans avoir fait l'amour.

Ce dernier mot fit courir une vague de chaleur dans ses veines et changea l'énergie de l'atmosphère, comme s'ils retenaient leur souffle dans l'attente d'un événement important.

— Aerin...

Drake se tut, se passa une main dans les cheveux, puis la fixa. Elle vit son regard se voiler et ses mâchoires se serrer.

— Nous sommes tous deux fatigués. Il est temps d'aller dormir avant de franchir une limite que nous risquons de regretter demain matin.

— Je n'allais pas te demander de coucher avec moi.

Ou peut-être bien que si. Dès qu'elle était seule avec Drake, le courant sensuel entre eux faisait dérailler son esprit et son corps. Elle devenait la proie d'envies qu'elle n'aurait jamais eues avec un homme si peu conforme à son idéal et résolu à ne jamais s'engager.

Aerin se leva et prit le mug de Drake sur la cheminée.

— Laisse et monte te coucher, je vais tout nettoyer. À demain.

— D'accord, et merci pour tout. Tu sais, la comédie et le reste. Nous avons réussi, je pense. Mes amies sont convaincues que nous sommes un vrai couple.

L'ombre d'un sourire dansa sur la bouche de Drake.

— Je t'en prie, Boucle d'or.

Drake rapporta leurs mugs dans la cuisine, les lava, puis plaça le pare-feu devant la cheminée. De petites flammes s'élevaient encore de la bûche. Moins ardentes cependant que celles qui lui consumaient le corps. Il était à deux doigts de franchir la limite qu'il s'était promis de ne jamais dépasser. Et dans un de ses refuges sécurisés en plus ! Peut-être aurait-il dû prendre la chambre avec vue sur la forêt et demander à Aerin de l'y enfermer pour ne plus être tenté de la toucher.

Mais il était déjà dans une sorte de prison. Celle de son passé.

Il avait confié à Aerin davantage d'informations qu'à quiconque. Il lui était reconnaissant de n'avoir pas insisté pour en apprendre davantage. Pourtant, c'était comme si ses sombres secrets sortaient d'eux-mêmes sans qu'il puisse les retenir. Et plus il en révélait, plus il avait envie de lui dévoiler les tragiques et pourtant évitables circonstances de ce drame dont le souvenir ne cessait de le hanter.

La culpabilité du survivant était écrasante, mais son désir de créer un monde meilleur pour des femmes dans la même situation que sa mère et sa sœur le poussait à travailler dur. Hélas, sauver des vies n'avait aucun effet sur celles perdues, celles qu'il aurait pu sauver s'il avait su ce dont son père était capable. Et s'il avait été chez lui ce jour-là, ou peut-être pas car son père l'aurait assassiné aussi.

Mais Drake n'était pas chez lui et devait vivre avec la culpabilité de n'avoir pas réussi à protéger sa mère et sa sœur. Et il ne pourrait jamais se le pardonner, quel que soit le nombre de refuges qu'il financerait.

6

Épuisée par la soirée, Aerin s'endormit aussitôt. Soudain, la voix étouffée de Drake la réveilla, suivie d'un long cri angoissé : « Non ! »

Elle repoussa les couvertures, passa un châle par-dessus sa nuisette, puis alla taper à sa porte.

— Drake ? Ça va ?

Pas de réponse, à part un gémissement. Se souvenant qu'il souffrait parfois de terribles maux de tête – information fournie par Tom –, elle entrebâilla la porte de la chambre et jeta un coup d'œil à l'intérieur. Dans la pénombre, elle distingua le lit et le grand corps de Drake. Le drap enroulé autour de sa taille ne recouvrait pas son ventre plat et sa poitrine recouverte d'une fine toison du même noir que ses cheveux. Il tournait d'un bord à l'autre, poings serrés le long des cuisses, répétant avec insistance : « Non ! Non ! Non ! »

Aerin se précipita à son côté, s'assit au bord du lit et lui secoua doucement l'épaule.

— Réveille-toi, Drake. Tu fais un cauchemar.

Il ouvrit brusquement les yeux, puis cilla avant de marmonner un juron et de s'asseoir.

— Tu te sens bien ? J'étais inquiète. J'ai cru que tu avais une migraine.

Comme il se passait une main dans les cheveux, Aerin remarqua le renflement de son biceps.

— Désolé de t'avoir fait peur. Je n'avais pas fait de cauchemars depuis des années.

— C'est peut-être dû à notre discussion dans la voiture à propos de la disparition de ta famille.

Drake lui prit la main. Ses doigts étaient doux et chauds autour des siens, son expression difficile à lire dans l'aube grisâtre, mais elle sentit l'intensité de son émotion.

— Je n'ai pas raconté ce qui s'est passé ce soir-là depuis mon adolescence. Je détestais être l'enfant dont le père avait assassiné sa propre famille.

Aerin retint un cri.

— Oh ! mon Dieu ! Ton père a tué ta mère et ta sœur ?

Il haussa les sourcils en soupirant.

— Oui, et il m'aurait tué aussi si j'avais été à la maison à ce moment-là. Mais j'étais resté passer la nuit chez un ami à boire. Incroyable, non ? J'étais complètement soûl à quinze ans et n'avais aucune idée de ce que mon père avait l'intention de faire.

Le cœur serré, Aerin sentit les larmes rouler sur ses joues.

— Tu n'as pas à culpabiliser. La plupart des garçons de cet âge en font autant.

— Pas tous. Pas ceux que leurs parents n'y encouragent pas. Mon père aimait que je boive des bières avec lui. Cela devait me décontracter, selon lui, m'aider à ne pas être sans cesse si coincé. Je n'avais pas compris que c'était sa manière de m'empêcher de protéger maman et ma sœur.

La lumière se fit soudain dans l'esprit d'Aerin.

— C'est lui qui t'a cassé le nez et amoché le sourcil ?

Drake poussa un long soupir.

— Je suis intervenu un jour où il s'emportait contre ma mère, mais je n'étais pas assez fort pour avoir le dessus.

Quand j'ai voulu appeler la police, il a menacé de tuer notre chien.

Il marqua un temps d'arrêt, déglutit puis ajouta d'un ton empreint de tristesse :

— Il l'a fait quand même quelques semaines plus tard. Il savait à quel point j'aimais ce chien.

Aerin pleurait sans retenue à présent.

— C'est horrible. Je suis tellement désolée que tu aies dû vivre une telle succession de tragédies.

Drake l'attira dans ses bras, pressant sa tête contre son torse et lui caressant les cheveux.

— Ne pleure pas, Boucle d'or. C'était il y a très longtemps. J'ai réussi à me construire une autre vie. J'aurais pu empêcher ce qui est arrivé à ma mère et à ma sœur, mais c'est facile à dire avec le recul.

— Ton père est en prison, maintenant ?

— Il est mort. Assassinat suivi d'un suicide. Dieu merci, ce n'est pas moi qui ai découvert les corps. C'est un voisin qui depuis souffre de stress post-traumatique.

— Tom ne sait même pas cela ? demanda-t-elle en levant la tête.

— Non, il ne sait rien. Je me suis inventé un passé après. Dès que cela a été possible, j'ai aussi pris officiellement un nouveau nom, « Cawthorn ». Je ne voulais pas rester à vie le garçon qui avait perdu sa famille dans une tragédie. J'avais besoin d'aller de l'avant, de donner un sens à ma vie. D'agir pour que d'autres femmes ne vivent pas le destin de ma mère et de ma sœur. Le nombre de femmes victimes de violences domestiques est encore trop élevé dans notre pays et partout dans le monde.

— Et tu as réussi. Fonder ton organisation caritative, offrir des refuges, financer les opérations et donner ton temps pour cette cause est très louable. On parle beaucoup du problème, mais peu de gens agissent. Ta mère et ta sœur seraient fières de toi, j'en suis certaine.

Drake entrelaça ses doigts aux siens. Leurs regards se rencontrèrent, et l'atmosphère se chargea d'une nouvelle énergie.

— T'embrasser a dû avoir un effet libérateur sur mon inconscient. Je ne sais pas encore si c'est une bonne ou une mauvaise chose.

Le cœur battant, Aerin le fixa.

— T'embrasser a aussi libéré quelque chose en moi.

Cela avait éveillé un désir si fort et si insistant qu'elle n'imaginait pas faire l'amour pour la première fois avec un autre homme. Il était le premier à l'avoir embrassée. Alors, pourquoi ne pas lui demander d'être son premier amant au lieu d'attendre éternellement M. Parfait ? Sa vie ne prendrait jamais d'essor si elle ne se lançait pas.

Le regard de Drake se fit intense tandis que son pouce lui caressait le dessus de la main, lui envoyant des ondes brûlantes dans le corps.

— Nous n'avons pas à explorer l'alchimie entre nous, dit-il d'une voix rauque.

— Et si je le voulais ?

Une ride lui barra le front.

— Ce n'est pas raisonnable, Aerin. Rien de cette nature ne peut arriver entre nous. Tu le sais.

— Parce que je suis vierge ?

Il poussa un profond soupir.

— Pour ça et parce que tu es une femme que je ne pourrai pas quitter et oublier.

— Si nous couchons ensemble, personne n'aura besoin de le savoir. De toute évidence, tu sais garder les secrets. Celui-ci ne sera pas difficile à taire.

Drake sortit brusquement du lit, traversa la pièce, écarta les rideaux puis se planta face à la fenêtre. Les premières lueurs de l'aube ne dissipaient pas l'obscurité de la pièce, mais permirent à Aerin d'admirer la perfection de son corps athlétique couvert de son seul boxer. De larges épaules, une taille et des hanches fines, ainsi que de longues jambes musclées. L'envie urgente de le toucher la saisit.

— Nous avons un problème, lâcha-t-il avant de se retourner.

Une soudaine chaleur brûla les joues d'Aerin. Elle venait de se ridiculiser en le suppliant presque de lui faire l'amour quand visiblement cela ne l'intéressait pas du tout.

— Épargne-moi un sermon, dit-elle en se levant. J'ai compris. Tu n'as pas envie de coucher avec moi. Désolée de t'avoir gêné en te le demandant.

— Je ne suis pas gêné. Je parlais d'un autre problème. Viens voir.

Il s'écarta d'un pas pour la laisser regarder. La neige avait dû tomber pendant toute la nuit car le paysage était recouvert d'un épais manteau blanc. Les branches des arbres ployaient sous son poids, et la pelouse était une étendue blanche immaculée.

— Comme c'est beau ! s'exclama Aerin, incapable de modérer son émerveillement. J'adore la neige.

— Laisse-moi deviner. Le numéro neuf de la liste des qualités de M. Parfait est : Doit aimer la neige. Je me trompe ?

Elle se tourna vers lui. Son sourire narquois ne la dérangea pas car elle commençait à comprendre quel homme se cachait sous cette façade cynique.

— Ma liste s'arrête au numéro huit.

Il la fixa, respira profondément puis dit :

— La voiture dans laquelle nous sommes venus n'est pas un véhicule tout-terrain.

— Et alors ?

— Nous ne pouvons pas repartir tant que la neige n'a pas au moins un peu fondu. Tenter l'expérience serait dangereux. De plus, il pourrait y avoir une nouvelle chute, à en juger par ces gros nuages. J'aurais dû vérifier la météo avant de t'emmener ici. Et louer un autre véhicule.

— Je vois. De toute évidence, te retrouver coincé avec moi dans un cottage écossais est ton pire cauchemar, répliqua-t-elle sans dissimuler son amertume.

Pourquoi diable l'obligeait-il à se sentir encore plus gênée ? Il avait probablement passé bien des week-ends sans sortir d'une chambre avec ses innombrables conquêtes, mais l'idée d'en passer un avec elle le contrariait. Était-elle si peu attirante ? Ses baisers ne lui en avaient pas donné l'impression. Plutôt le contraire.

— Mon pire cauchemar a eu lieu il y a vingt et un ans. Être coincé par la neige avec toi entre dans une catégorie très différente.

Aerin se mordit la lèvre.

— Je suis désolée. Mon choix de mots était indélicat.

Il lui souleva le menton, lui effleurant la joue du pouce.

— Mais il y a encore un problème.

Elle humecta ses lèvres soudain sèches du bout de la langue avant de murmurer :

— Pourquoi ?

— Parce que j'ai tellement envie de t'embrasser que c'en est douloureux.

Et sa bouche se posa sur la sienne avec une douceur doublée de sensualité retenue.

Aerin lui caressa le torse puis lui enlaça le cou. Un râle sourd s'échappa des lèvres de Drake. D'une main au bas du dos, il la pressa contre sa ferme virilité. Elle ouvrit les lèvres sous la pression de sa langue avec un soupir de plaisir. Comme il répondait par un regain de passion, une onde brûlante envahit son intimité. Elle n'aurait jamais pensé qu'un baiser puisse être si ardent. Il lui sembla avoir attendu cet éveil de ses sens toute sa vie.

La gardant serrée contre lui, Drake releva la tête.

— J'aimerais te caresser, murmura-t-il d'une voix si sourde qu'elle en était à peine audible.

À ces mots, elle sentit son cœur s'emballer.

— Eh bien, fais-le.

Il porta la main sur le devant de sa nuisette et effleura la courbe de sa poitrine. Le désir fusa à travers tout le corps d'Aerin. Elle laissa échapper un petit cri de plaisir.

— Touche ma peau, s'il te plaît.

— Tu es sûre de le vouloir ?

— Absolument.

Aerin n'avait jamais été aussi certaine de quoi que ce soit. Elle avait besoin de ses caresses comme si elle avait attendu toute sa vie que ce soit lui, Drake, qui lui fasse découvrir l'univers merveilleux de la sensualité. Pourquoi tant le vouloir comme premier amant quand il ne correspondait pas au profil de son homme idéal ni à son rêve de vie ? Elle l'ignorait. En revanche, une certitude l'habitait. Elle vivait entièrement l'instant présent et voulait Drake plus que tout.

Il libéra le haut de sa nuisette et prit ses seins en coupe.

— Tu as une si belle poitrine...

Bien qu'ayant toujours été à l'aise dans son corps, Aerin avait imaginé que le premier regard masculin porté sur sa nudité la gênerait. Il n'en fut rien. Voir celui gourmand de Drake lui parut naturel.

— Un peu petite, quand même.

— C'est absurde, sa taille est parfaite.

Il effleura alors ses tétons avant d'en faire rouler un entre ses doigts. De délicieuses sensations fusèrent dans le corps d'Aerin, qui s'amplifièrent lorsqu'il le prit entre ses lèvres et le titilla de la langue. Là, de douces, les sensations se firent brûlantes. Et sentir la fermeté de son érection fit grimper son désir. Elle s'émerveilla de l'alchimie entre eux, du besoin impérieux d'être caressée et de caresser, d'être désirée et de désirer. C'était magique. Découvrir juste avant ses trente ans les plaisirs de la chair entre les bras d'un homme qu'elle admirait, avec qui elle se sentait à l'aise et en sécurité ne pouvait qu'être parfait.

Drake releva la tête pour prendre à nouveau possession de ses lèvres avec ardeur, comme mû par une force sur laquelle il n'avait aucun contrôle. Au moment où, enivrée de sensations toutes plus fortes les unes que les autres, elle sentait son corps s'enflammer, il délaissa sa bouche pour faire glisser ses lèvres le long de son cou, laissant dans leur sillage une trace brûlante. Arrivé à sa poitrine, il prodigua ses attentions à son autre téton.

Elle gémit.

— Tu aimes ça ?

— Comment pourrais-je ne pas aimer ? Tu sembles savoir exactement que faire pour me donner envie de plus. Mais tu as beaucoup d'expérience en la matière, bien sûr.

Drake la prit par les hanches. Son toucher, quoique assez ferme pour la maintenir contre lui, lui laissait toutefois la liberté de reculer si elle le voulait.

— J'admets avoir perdu le compte de mes maîtresses. Probablement car au début j'utilisais le sexe pour oublier mes sombres souvenirs. Je ne veux pas te donner l'impression de prendre les femmes pour des objets. Je ne le fais plus depuis longtemps. Je ne couche qu'avec celles qui, comme moi, cherchent une liaison agréable et sans complications. C'est pourquoi aller plus loin avec toi est mal sur de nombreux plans.

— Où est le mal, si je le veux aussi ?

— C'est mal car je ne peux t'offrir qu'une aventure passagère.

Aerin trouva le moment déplacé pour lui révéler que Lucas Rothwell et Jack Livingstone avaient tenu exactement les mêmes propos à Ruby et à Harper, mais qu'ils étaient en couple et heureux à présent. Serait-il naïf d'espérer que cela puisse lui arriver aussi ? Que Drake baisse peu à peu sa garde et tombe amoureux d'elle comme Lucas et Jack l'avaient fait avec ses amies ?

Lui posant les deux mains sur le torse, elle demanda :

— Et si nous oubliions ma liste et le fait que tu n'aies que des liaisons courtes, et faisions ce que bon nous semble pendant que nous sommes coincés ici ?

Drake remonta ses mains et les plaça sur sa taille. Il plissa les yeux, scrutant son regard.

— Tu fais cela par pitié ?

Aerin cilla, refoulant sa frustration. Ne voyait-il donc pas combien elle le voulait ? Son passé tragique la touchait, certes, mais ce qui l'attirait en lui était son essence, le véritable Drake qu'elle avait découvert et auquel elle se sentait de plus en plus incapable de résister.

— Ce n'est absolument pas une question de pitié. Bien sûr, je suis très peinée de ce qui t'est arrivé, mais je te veux pour toi. Je veux que tu sois mon premier amant. Je ne veux pas atteindre trente ans en étant toujours vierge. Or tu es l'homme idéal pour ma première expérience parce que je te connais et que j'ai confiance en toi. Je ne te demande rien d'autre qu'un week-end.

Lui lâchant la taille, il recula imperceptiblement, établissant une légère distance entre eux. Un combat intérieur transparaissait sur ses traits. Sa mâchoire était serrée. Sa pomme d'Adam bougeait rapidement, et son regard vacillait. Son corps voulait accéder à sa demande tandis que son esprit en soupesait les dangers.

— Es-tu certaine d'être capable de ne pas engager tes émotions ?

— Je n'en sais rien puisque je n'ai encore jamais couché avec un homme.

En fait, elles étaient déjà engagées. Un sentiment avait bourgeonné dans son cœur dès leur premier baiser, pour ne cesser de s'épanouir depuis.

— Mais, dis-moi, poursuivit-elle, comment fais-tu pour ne jamais engager les tiennes ?

Le petit sourire de Drake se limita à ses lèvres. Son regard toujours troublé trahissait les doutes se confrontant en lui.

— Cela n'a jamais été un problème jusque-là.

Aerin referma la distance entre eux et lui caressa la joue. Sa barbe naissante lui picota la main, la faisant frissonner.

— Mais tu crains que cela en devienne un avec moi ?

Il lui saisit le poignet avec une douce fermeté.

— Cette éventualité me préoccupe.

L'espoir l'envahit. S'il admettait voir un danger dans une intimité entre eux, cela prouvait qu'il pouvait tomber amoureux, même s'il clamait le contraire.

Lui soulevant le poignet, il en embrassa l'intérieur. Un long frisson parcourut le corps d'Aerin.

— Parce que tu ne veux pas me blesser, ou parce que tu crains de l'être toi-même ?

— Certaines personnes se moquent de blesser les autres. Moi pas.

Sa réponse partielle intrigua Aerin. Ne pouvait-il plus être blessé pour avoir déjà atteint son quota de souffrance en perdant sa famille ?

Elle lui passa les doigts dans les cheveux, s'approcha jusqu'à sentir son torse contre ses seins et la fermeté de son érection contre son ventre.

— Si je n'étais pas vierge, tu serais moins réticent, tu ne crois pas ?

Il la pressa contre lui d'un bras passé autour de sa taille. Son regard se fit brûlant. Il posa une main derrière la tête.

— Sur le plan physique, comme tu peux le constater, je suis loin d'être réticent. Mais si nous franchissons cette limite, nous ne pourrons pas l'oublier. Je resterai toujours ton premier amant. Et tu seras la première femme avec qui j'aurai couché dont je ne pourrai pas effacer le nom dans mon téléphone, ni ne pourrai oublier. Je ne veux pas que tu sois mal à l'aise quand nos chemins se croiseront plus tard, chez toi ou lors de rendez-vous professionnels.

— Voyons, Drake, nous sommes tous deux adultes. Pourquoi tout compliquer ? Une fois ce week-end terminé, nous ferons comme si rien n'était arrivé et poursuivrons notre chemin.

Son regard s'adoucit. Il lui écarta une mèche de cheveux du visage et sourit.

— J'ai l'impression que je ne suis pas près de l'oublier de sitôt.

Aerin lui caressa la joue.

— Moi non plus.

Drake prit alors possession de sa bouche. Leurs langues se livrèrent une bataille érotique, mimant l'intimité à laquelle tous deux aspiraient. Loin d'être un baiser entre deux amis, celui-ci resterait à jamais inoubliable. Il était empreint d'urgence, d'une chaleur explosive et de désir à assouvir. Les lèvres toujours collées aux siennes, ses mains retournèrent à ses seins.

Aerin sentit son corps entier frissonner. Jusqu'à ce qu'il la caresse, elle ignorait que sa poitrine pouvait être si sensible. Elle n'avait pas imaginé combien les caresses d'un homme pouvaient être intenses. Certaine de vouloir sentir ses mains sur le reste de son corps, elle se cambra, lui offrant ses seins. Drake délaissa aussitôt sa bouche pour refermer ses lèvres autour d'un téton tendu.

Un gémissement de plaisir échappa à Aerin.

— C'est si bon.

Il reporta ses attentions sur son autre sein, l'embrassant, en titillant la pointe. Sous l'action conjuguée de ses lèvres et de sa langue, les sens d'Aerin s'enflammèrent, lui donnant envie de sentir leurs corps nus l'un contre l'autre, dans une intimité encore plus grande.

Mais déjà il abandonnait sa poitrine pour revenir à sa bouche. Leur désir attisé intensifia leur baiser. Drake fit glisser la nuisette d'Aerin le long de son corps. Une fois le léger vêtement au sol, il recula d'un pas pour la regarder.

— Tu es si belle...

À son ton émerveillé, on aurait dit qu'il n'avait jamais vu une femme nue auparavant. C'était faux bien sûr car il accumulait les conquêtes de femmes sublimes. Elle était loin de l'être...

Aerin jeta un rapide coup d'œil à son boxer, trop timide pour oser toucher l'évidence de son désir malgré son envie. Comme s'il avait deviné ses pensées, Drake lui prit la main et la posa sur lui.

— N'aie pas peur de me caresser, dit-il d'une voix rauque.

Elle effleura le renflement de son boxer puis, saisie d'une audace qu'elle ignorait posséder, glissa sa main à l'intérieur et la referma autour de son érection. Un râle suivi d'un gémissement récompensa son initiative.

— Tu me sembles apprendre vite, murmura-t-il, le regard brûlant.

Puis il la souleva dans ses bras avec l'aisance d'un héros de film hollywoodien et la porta dans son lit...

Drake aurait dû mettre un terme à leur intimité sur-le-champ. Hélas, pour la première fois de sa vie, sa légendaire maîtrise l'avait déserté. Après avoir inlassablement pesé le pour et le contre d'une idylle avec Aerin, son esprit avait abandonné la bataille, laissant son corps le convaincre de s'accorder le temps du week-end pour faire ce dont il avait envie depuis l'instant où il l'avait aperçue sur le trottoir opposé. Leur premier baiser avait rendu cette envie obsédante. Son désir d'elle n'avait fait que croître, et il lui était devenu impossible de le réprimer.

Mais il s'inquiétait peut-être en vain. Aerin voulait vivre un conte de fées avec son partenaire parfait, ce que lui était loin d'être. Elle l'avait d'ailleurs déjà éliminé avec sa liste. Elle ne s'autoriserait jamais à tomber amoureuse d'un homme ne correspondant pas à son idéal, alors pourquoi ne pas exaucer son souhait et l'initier aux plaisirs de l'amour ?

Fort de ce raisonnement, Drake l'allongea sur le lit et la regarda longuement. Son corps mince aux courbes féminines était d'une blancheur d'albâtre. Ses longs cheveux blonds étalés sur l'oreiller formaient un halo autour de son visage aux traits parfaits.

Une expression inquiète assombrit les yeux d'Aerin.

— Tu as changé d'avis ?

S'agenouillant sur le lit, il posa les mains de chaque côté d'elle.

— Et toi ?

Elle lui caressa le bras.

— Non. Je te veux.

— Tu sais que faire l'amour ensemble est une folie, n'est-ce pas ?

Comme elle réitérait sa caresse, il sentit un frisson lui agiter le corps. Quand elle leva les yeux vers lui, il lut dans leur profondeur bleue un désir semblable au sien.

— Ce serait une folie si nous n'étions pas tous deux d'accord sur les termes de cette histoire.

Malgré son besoin de la posséder sans attendre, Drake sut qu'il devait prendre son temps avec elle. Et il en avait envie car Aerin lui avait jeté une sorte de sort qui l'empêchait de la quitter. Après lui avoir planté un baiser sur les lèvres, il se releva et ôta son boxer.

— Il me faut un préservatif.

— Tu en as ?

— Oui, j'en garde toujours dans mon portefeuille.

Elle se mordit la lèvre et baissa les yeux.

— Évidemment...

Drake récupéra son portefeuille dans son pantalon et le posa sur la table de nuit.

— Il est un peu tard pour changer d'avis, Aerin.

— Pourquoi le ferais-je ?

Il se rassit et lui souleva le menton pour croiser ses yeux.

— Parce que tu es vierge, et que je suis un play-boy.

Les joues d'Aerin s'enflammèrent, mais elle soutint son regard.

— Je ne porte aucun jugement sur ton style de vie. Dans la mesure où tu n'as pas de liaison en ce moment, je ne vois pas de problème.

Drake, en revanche, en voyait un. Son passé qui projetait des ombres sinistres sur sa vie. Comment être certain que cette noirceur ne souillerait pas Aerin s'il devenait plus proche d'elle qu'il ne l'avait été de personne jusque-là ? Il lui avait confié ses secrets les plus intimes sans qu'elle ne l'y pousse. Pourquoi lui avoir donné accès à la forteresse renfermant ses émotions ? Il se le demandait encore. Or lui faire l'amour risquait de la rapprocher davantage de lui...

Il serait son premier amant.

Savoir cela l'empêcherait de l'oublier aussi vite que ses autres conquêtes. Il conserverait le souvenir de cette expérience avec Aerin toute sa vie. Il ne pourrait plus la regarder sans la voir nue et dévorée de désir pour lui. Elle non plus ne pourrait pas le revoir sans se remémorer ces moments de plaisir. Et si, par inadvertance, il la blessait ? Pourrait-il se le pardonner ? Pourrait-il vivre avec cette culpabilité supplémentaire ?

Mais la culpabilité était peut-être le prix à payer pour ce qu'il voulait en ce moment précis.

Il remarqua alors une marque rose sur son menton.

— Je t'ai irrité la peau avec ma barbe.

— Je ne m'en suis pas rendu compte.

— Je devrais me raser avant de te faire l'amour, dit-il en lui embrassant le menton.

Elle porta une main à sa joue et caressa sa barbe naissante.

— Non, j'aime la sentir.

Drake lui caressa les cheveux.

— Ta première fois risque de ne pas être très agréable, aussi je serai doux et m'assurerai que tu sois prête.

— On fait toute une histoire de la virginité pour nous faire peur. Dans certains pays, les femmes doivent, de nos jours encore, prouver la leur le lendemain de leur nuit de noces d'une manière vraiment rétrograde. Quoi qu'il en soit, j'ai lu un article là-dessus, ayant toujours fait du sport, je ne devrais pas ressentir d'inconfort. Si ça se trouve, je ne sentirai rien.

Il lui posa une main sur la taille.

— Je devrai sérieusement réviser ma technique si tu me dis après coup n'avoir rien senti.

Elle lui enroula les bras autour du cou et se serra contre son torse. À ce contact, une bouffée de désir balaya le corps de Drake.

— Je pensais être très nerveuse, le moment venu, mais avec toi je ne le suis pas. J'ai l'impression que ça devait arriver. Cela te paraît-il sensé ?

Il lui écarta un cheveu imaginaire du visage.

— Cela me paraît tout ce qu'il y a de plus sensé.

Sur ces mots, Drake prit possession de la bouche d'Aerin.

C'était effectivement sensé car, d'une étrange façon, faire l'amour avec elle devait arriver. Ils étaient coincés par la neige dans un cottage isolé, et très attirés l'un par l'autre. Alors pourquoi ne pas profiter de ces circonstances exceptionnelles ? Leur aventure secrète devant se terminer avec le week-end, elle serait trop courte pour provoquer un dommage irréparable.

7

Aerin soupira de plaisir sous le baiser de Drake. Enhardie par la réussite de son premier acte d'audace, elle passa une main entre eux pour lui effleurer le torse. La réaction ne se fit pas attendre. Délaissant sa bouche, il fit glisser ses lèvres le long de son cou, lui embrassa un sein puis en fit rouler la pointe dressée avant de la mordiller. Comme elle gémissait et se tendait vers lui, il reporta ses attentions sur son autre téton. De là, il déposa une série de baisers jusqu'à son nombril. Le pouls d'Aerin s'emballa, des frissons la parcoururent. Elle se cambra.

— Détends-toi, murmura-t-il d'une voix grave dont le souffle chaud lui caressa la peau.

Se laissant retomber contre l'oreiller, elle agrippa le drap.

— J'essaye...

Drake se redressa sur un coude.

— Je ne ferai rien que tu ne veuilles pas. Dis-moi d'arrêter si tu n'es pas à l'aise.

Aerin laissa échapper un souffle saccadé.

— Je le ferai.

Visiblement rassuré, il poursuivit ses baisers jusqu'à son intimité. Là, il la caressa avant de poser la bouche en son centre. Sous l'action conjuguée de sa langue et de ses doigts, un torrent de sensations se déversa dans les veines d'Aerin, bouillonnant de plus en plus fort. Soudain, un plaisir infini lui secoua le corps tandis que toute pensée la fuyait et ses membres s'amollissaient.

Lorsqu'elle rouvrit les yeux, Drake s'était relevé et la regardait.

— Tu as aimé ?

— Plus que je ne saurais le dire.

Et pour le lui prouver, elle toucha son érection d'un doigt hésitant. L'expression de Drake trahissant son plaisir, elle le caressa avec plus de hardiesse. Il respira rapidement, puis lui écarta doucement la main.

— Je dois mettre un préservatif avant d'aller plus loin.

Se protéger était primordial pour un couple n'ayant pas l'intention de concevoir, Aerin en était consciente. Pourtant, l'intonation de Drake lui rappela qu'il ne voulait pas d'enfants. Rien d'étonnant au vu des circonstances sinistres de sa jeunesse, mais qu'il ait définitivement exclu une des choses si importantes pour elle l'attrista. Ayant grandi avec son frère au sein d'un foyer aimant, elle n'imaginait pas d'avenir sans une famille complète.

Se redressant sur un coude, elle lui demanda :

— Combien en gardes-tu dans ton portefeuille ?

Il lui lança un regard pétillant.

— Suffisamment.

— Allons, dis-moi. Trois ? Quatre ? Plus ?

Il revint à elle et la fit taire d'un baiser.

— Assez pour nous permettre de profiter du week-end.

— Et si la neige ne fond pas d'ici dimanche ?

Une ombre voila son regard. Il la dissimula très vite sous un sourire joueur.

— Dans ce cas, je nous en ferai livrer par hélicoptère.

De surprise, Aerin écarquilla les yeux.

— Tu peux faire ça ?

Il lui embrassa le bout du nez.

— Bien sûr. Qu'est-ce que tu crois ?

Après s'être protégé, Drake revint s'allonger près d'elle, et l'embrassa. Sentir la fermeté de son érection contre sa cuisse excita Aerin. Savoir en plus qu'elle lui faisait cet effet l'enivra tout en lui procurant un sentiment de pouvoir encore jamais expérimenté.

Leur baiser s'intensifia. Leurs membres se mêlèrent comme si cette intimité pourtant nouvelle leur était naturelle. Et elle trouva parfaitement normal d'être enlacée, nue dans un lit, par Drake Cawthorn. Tandis qu'il la caressait, elle poursuivit son exploration, se délectant d'entendre cet homme qui d'ordinaire muselait ses émotions pousser de petits râles.

Il abandonna soudain ses lèvres avant de déclarer, le souffle court :

— J'ai tant envie d'être en toi, mais je ne veux pas te presser.

— Je suis prête pour toi, répondit-elle en lui repoussant les cheveux sur le front. Je te veux.

— Tu en es sûre ?

— Absolument.

Et elle l'était. En cet instant, Aerin ne voulait rien de plus. Même pas penser à sa liste et à tous les points ne correspondant pas à Drake. La dresser dès le départ avait peut-être été prétentieux. Elle pourrait bien avoir à revoir ses attentes et à accepter un être moins parfait…

Mais sur le plan intime, Drake était parfait.

Sous ses caresses, son sang dansait dans ses veines.

Il la pénétra lentement avant de s'arrêter pour la laisser s'habituer à son corps. Elle caressa son dos musclé, puis lui pressa doucement les reins tant son envie était grande de le sentir en elle.

— Ça va ? demanda-t-il.

— Oui…

Il s'engagea alors plus profondément et entama un lent va-et-vient. Aerin découvrit des sensations insoupçonnées, un plaisir qui montait de plus en plus intense. Lorsque Drake, glissant une main entre eux, titilla son clitoris tout en poursuivant ses mouvements, elle sentit une succession de vagues brûlantes déferler dans son corps et le besoin presque insoutenable d'une libération.

Comme s'il l'avait deviné, Drake accéléra le rythme, l'emmenant sur des sommets inconnus jusqu'alors mais délectables. Soudain, Aerin eut l'impression qu'un feu d'artifice éclatait dans son corps. Sa tête se mit à tourner, ses membres se contractèrent, et elle se retrouva en un endroit presque au-delà de la conscience.

Quelques secondes de calme béat succédèrent à cet état, à l'instar d'une tempête qui s'apaise. Puis une autre tempête arriva, celle qui faisait rage en Drake. Sa respiration s'emballa. Toute maîtrise de soi sembla le déserter. En un dernier coup de reins, il succomba alors au plaisir suprême avec un cri étouffé avant de s'effondrer sur elle. Leurs corps si étroitement joints, serrée dans ses bras pendant que leurs souffles s'apaisaient, elle se sentit en sécurité, protégée.

Quelques minutes plus tard, Drake lui repoussa les cheveux sur le front.

— Comment te sens-tu ? demanda-t-il d'un ton teinté de sollicitude.

— Je me sens… merveilleusement bien. Tu ne m'as pas fait mal du tout. C'était extraordinaire.

Si elle avait trouvé les mots adéquats pour décrire son émerveillement, Aerin les aurait volontiers prononcés, mais Drake aurait-il voulu les entendre ? Habitué aux conquêtes passagères, il n'était probablement pas disposé à laisser ses maîtresses discourir sur combien le sexe avait été époustouflant. De plus, elle était censée éviter d'engager ses sentiments. Ils n'avaient rien à faire dans leur courte aventure, pas plus que dans celles auxquelles il était accoutumé. Ils ne faisaient pas partie de la vie de cet homme...

Elle se demanda pourtant si, un jour, il les autoriserait à éclore. Il avait tant à offrir à une femme. Drake était bon, tendre et certainement plus sensible qu'elle ne l'avait imaginé. Derrière son apparence cynique se cachait un homme blessé qui se souciait profondément des autres mais se défendait de le montrer.

Il continua de scruter son visage.

— Pas de regrets ?

Son seul regret était la brièveté de leur temps ensemble. Faire l'amour avec lui pendant un week-end n'allait pas lui suffire. Son désir de lui était trop grand pour être assouvi aussi rapidement. Elle venait de goûter au plaisir et en voulait beaucoup plus.

— Pas pour l'instant, répondit-elle en souriant avant d'ajouter : Et toi ?

Drake prit une profonde inspiration.

— Disons que je trouve cela un peu bizarre.

— Qu'est-ce qui est bizarre ?

Il joua avec ses cheveux, enroulant une longue mèche autour de son doigt puis la laissant retomber.

— Être là, avec toi. À l'insu de tes proches.

— Personne n'a besoin d'être au courant à part nous.

— Tu n'en parleras même pas à Ruby et à Harper ?

Avoir leurré ses anciennes camarades de classe était facile car elles n'avaient que des rapports épisodiques ensemble, mais cela allait s'avérer plus délicat avec ses amies. Elles se voyaient chaque jour à l'agence – même les week-ends pour les mariages – et se connaissaient mieux que quiconque. Pourrait-elle leur cacher un événement de cette importance, ou un changement serait-il visible sur sa personne ?

Faire l'amour avec Drake avait été l'expérience la plus extraordinaire de sa vie. Aerin se sentait différente. Sur le plan physique certes, mais sur le plan émotionnel aussi, ce qui était beaucoup plus inquiétant. On n'oubliait jamais son premier amant, que le souvenir en soit bon ou mauvais. Encore moins quand cet homme s'était montré si tendre et prévenant. Comment ne pas tomber au moins un peu amoureuse de lui ?

— Si tu préfères que je m'en dispense, je ne leur dirai rien. Mais elles me connaissent si bien qu'elles sentiront probablement un changement en moi.

Drake roula sur le côté, se débarrassa de son préservatif et revint vers elle. Lui prenant une main, il en caressa le dessus.

— J'ai toujours entendu dire qu'avoir des rapports intimes pouvait briser une amitié parfaitement satisfaisante au demeurant.

— Mais nous n'étions pas amis au début, n'est-ce pas ?

Il lui adressa un demi-sourire.

— Non, j'imagine. Tu semblais toujours t'arranger pour m'éviter. Tom m'a même demandé récemment si j'avais fait quelque chose qui t'ait contrariée.

Aerin lui adressa une moue honteuse.

— J'avais des idées préconçues sur toi. Ton cynisme s'opposait trop à mon optimisme et à mes projets d'amour durable. Je suis désolée de n'avoir pas pris la peine de chercher à mieux te connaître.

Drake lui passa une mèche de cheveux derrière l'oreille avec une telle délicatesse qu'elle sentit son cœur se serrer. Une étrange douceur imprégna son regard, chassée aussitôt par un voile sombre.

— Tu es certaine que je ne t'ai pas fait mal en te faisant l'amour ?

— Absolument.

— J'ai un désir irrépressible de t'embrasser de nouveau, dit-il en abaissant les yeux vers sa bouche.

Le pouls d'Aerin s'accéléra. Elle enlaça le cou de Drake, en proie elle aussi au désir irrépressible de le sentir de nouveau en elle.

— Je t'en prie, fais-le.

Il appuya son front contre le sien.

— Es-tu certaine de ne pas préférer aller marcher dans la forêt ou faire un bonhomme de neige ?

Transportée par l'éclair malicieux de ses yeux, elle répondit :

— Pas dans l'immédiat. À moins que tu ne meures d'envie d'en faire un avant le petit déjeuner.

Son sourire enflamma les sens d'Aerin.

— C'est de toi dont je meurs d'envie.

Et sa bouche le prouva sans le moindre doute.

Même si Drake avait perdu le compte de ses maîtresses, il savait qu'il n'oublierait jamais son week-end avec Aerin. Tout en elle l'enchantait. Son parfum, la douceur de sa peau, la sensation de ses mains sur lui et la chaleur de son corps.

Il était son premier amant.

Cette phrase revenait dans sa tête tel un mantra. Rien ne serait plus pareil entre eux à leur retour à Londres. Il avait été bien stupide de croire le contraire. Il craignait néanmoins que les amies d'Aerin découvrent leur aventure. Ses anciennes camarades de classe risquaient même de laisser échapper des informations malgré leur promesse de ne rien poster sur les réseaux sociaux. Or il ne voulait aucun commérage sur eux.

Drake avait suffisamment souffert quand son père avait massacré sa famille, puis quand les journaux s'étaient emparés de l'affaire. C'était une des raisons pour lesquelles il avait changé de patronyme. Il ne supportait pas l'idée que des gens cherchant des informations sur lui lisent l'histoire du pire événement de sa vie.

Mais quand il embrassait Aerin, toute la noirceur de son passé disparaissait. Elle éveillait une part de lui qui était en hibernation depuis très longtemps. Drake sentait l'émotion palpiter dans sa poitrine à la recherche d'un épanouissement. Et un sentiment de liberté le traversait, l'impression de trouver un espace dans lequel il ne s'était plus autorisé à évoluer depuis des années.

Un espace où il pouvait respirer à pleins poumons et ressentir.

Ressentir plus que de seules sensations corporelles.

Le doux contact des lèvres d'Aerin faisait bouillonner son sang dans ses veines. Son toucher faisait danser chaque nerf de son corps. Son goût était enivrant, si addictif qu'il ne pouvait y résister. Où diable était passée sa volonté de fer ? Celle-là même qui lui faisait éviter les relations intimes où les émotions obscurcissaient tout raisonnement.

Il n'avait pas eu l'intention de coucher avec elle au cours du week-end. Bien sûr, l'idée lui avait traversé l'esprit, mais il ne lui avait pas permis de s'y implanter. À présent qu'il lui avait fait l'amour, d'autres idées non seulement le traversaient, mais en plus s'installaient en lui et refusaient d'en partir. Comme prolonger leur aventure de quelques semaines, un mois ou deux, plus peut-être. Parler de leur relation aussi, au lieu de la cacher tel un sale petit secret.

Drake ne voulait pas qu'Aerin le croie honteux d'être avec elle. Il ne l'était pas. Il était seulement… en proie à un conflit. Deux hommes se battaient en lui. L'un voulait rester en sécurité dans sa forteresse et en verrouillait tous les points d'accès, l'autre ouvrait les verrous et la démontait élément par élément.

Lui, le play-boy adepte des relations courtes sans attaches, sans engagement, s'était transformé après avoir embrassé Aerin. Le crapaud, condamné jusque-là à évoluer dans sa mare boueuse, était devenu un prince de conte de fées désireux de vivre dans le véritable monde. Celui de l'amour, du bonheur et de l'espoir.

Mais ce monde existait-il ? Surtout pour un homme comme lui...

8

Aerin réalisa s'être endormie après avoir fait l'amour pour la seconde fois, car en ouvrant les yeux elle vit Drake, relevé sur un coude, en train de la regarder, l'air pensif. La pâle clarté du jour naissant donnait à ses yeux sombres un étrange éclat.

Elle s'étira, savourant le fait d'être nue dans un lit avec lui, et se remémora leurs ébats passionnés. Que de plaisir lui avaient donné sa bouche sensuelle et ses doigts experts… Elle regarda alors ses larges épaules qui avaient si longtemps porté le poids de son passé. Un passé dont il n'avait parlé qu'à elle.

Cela signifiait-il qu'il lui accordait une place spéciale dans sa vie ? Dans son cœur ? Ou était-elle stupide de croire qu'il baisserait un jour sa garde suffisamment pour tomber amoureux ? Vu sa manière si tendre et attentionnée de lui faire l'amour, il était impossible d'imaginer qu'il n'éprouve rien pour elle. Mais Drake était un play-boy plein d'expérience. Il avait couché avec quantité de femmes. Elle n'en était qu'une de plus dans la longue liste de ses conquêtes.

Pourtant, Aerin ne se voyait pas ainsi. Et il ne lui en avait certainement pas donné l'impression. De plus, c'était elle qui avait initié leur intimité. Dès le départ, il lui avait laissé le contrôle de la situation. Face à lui cependant, elle perdait toute capacité de résistance, et son corps avait refusé d'être maîtrisé.

— La Belle au bois dormant se réveille enfin, dit-il avec un sourire moqueur.

Elle lui rendit son sourire.

— Tiens donc, je croyais être Boucle d'or.

— Bien sûr, l'héroïne du conte qui cherche toujours la perfection, soupira-t-il, mi-amusé, mi-sérieux.

Et, passant les doigts à travers ses mèches éparses sur l'oreiller, il ajouta :

— Tes cheveux ressemblent à des fils d'or.

Elle lui posa une main sur le torse, là où son cœur battait calmement.

— J'ai toujours été perfectionniste, mes parents et Tom te le confirmeront, mais…

Aerin poussa un soupir nostalgique avant de poursuivre :

— … je ne suis pas certaine que cela soit idéal. C'est sans aucun doute appréciable dans mon travail. Toutefois, en ce qui concerne ma vie privée, je crains que cela m'empêche d'aller de l'avant. Dans ce domaine, la peur de me tromper m'a toujours retenue.

Un long silence suivit, rompu simplement par le bruissement des draps lorsque Drake passa une jambe par-dessus les siennes.

— Considères-tu ce qui est arrivé entre nous cette nuit comme une erreur ?

Remarquant la note presque inquiète dans sa voix, elle se hâta de le rassurer.

— Non. Et toi ?

Un petit sourire contrit étira les lèvres de Drake.

— Oui et non.

La petite bulle dans laquelle reposait Aerin creva brusquement. Il regrettait de lui avoir fait l'amour ? Parce qu'elle n'avait pas été à la hauteur de ses attentes ou parce qu'il avait franchi entre eux une limite interdite à ses yeux ? Sa gorge se serra. Sa voix sortit soudain ténue :

— Je suis désolée, mais je ne t'ai pas forcé à coucher avec moi. Tu aurais pu refuser.

Drake lui caressa la joue, le regard assombri.

— Te résister n'était pas aussi facile que je l'avais imaginé.

Puis, déposant un rapide baiser sur les lèvres, il ajouta :

— Voilà tout ce qu'il a fallu pour me faire capituler. Un baiser.

Les yeux plongés dans les siens, Aerin effleura la repousse de barbe sur la mâchoire de Drake, se demandant si, en plus d'être idiote de penser qu'il développait des sentiments à son égard, elle ne l'était pas encore plus d'être tombée amoureuse de lui. Refuser la vérité plus longtemps était inutile. Elle l'aimait depuis l'instant où il l'avait embrassée. Même si cela semblait impossible, le coup de foudre existait, nombre de ses clientes en avaient partagé leur expérience avec elle. Ses deux meilleures amies et associées avaient aussi succombé à la flèche de Cupidon. Un premier regard, un premier baiser, un premier rendez-vous, cela arrivait à d'autres gens, y compris ses parents et son frère.

— Ne pas pouvoir t'embrasser à notre retour à Londres va me paraître bizarre. En fait, nous ne nous faisions même pas une bise sur la joue avant. Tu étais toujours très distant avec moi. Et moi avec toi, je ne peux le nier.

Comme Drake lui caressait pensivement les cheveux, en enroulant une mèche autour de son doigt, elle sentit un frisson lui parcourir le dos.

— Nous devrons peut-être garder nos distances quelque temps, laisser les choses reprendre leur cours normal.

Normal ? Cette normalité n'était pas saine pour elle, Aerin en était certaine désormais.

— Probablement...

Elle se mordit la lèvre tandis que sa liste s'imposait à son esprit, et elle s'en voulut d'avoir été assez naïve pour la dresser dès le début. Qui en cocherait toutes les cases ? L'important était que quelques-unes le soient…

L'expression de Drake se fit grave.

— Continuer notre relation serait risqué. Nous ne pourrions pas la garder secrète très longtemps.

Aerin força ses lèvres à sourire.

— Bien sûr. C'est pour cela que nous sommes convenus de la limiter à ce week-end.

Un pli barra le front de Drake.

— Il y a un autre point que nous n'avons pas pris en considération.

— Lequel ?

— La neige.

— Oh !

Drake se leva. Elle le regarda marcher, nu, jusqu'à la fenêtre. Dire qu'elle avait caressé chaque centimètre de son corps… Comment prétendre que cela n'était pas arrivé à leur retour à Londres ? Chacun de ses nerfs dansait sous sa peau en sa présence. Un regard de lui la troublait, un geste éveillait son désir. L'énergie sensuelle entre eux allait être difficile à ignorer. Et dissimuler ses réactions le serait davantage.

Après s'être enveloppée dans son châle, Aerin rejoignit Drake devant la fenêtre. Loin d'avoir fondu, la neige continuait de tomber, en silence, en tourbillons floconneux.

— C'est tellement beau…

Il lui posa une main au creux des reins. Un geste léger, mais qui donna à Aerin envie de plus. Les yeux toujours rivés sur la neige.

— Oui, en effet. Dieu merci, il n'y a pas de blizzard.

Et, se tournant vers elle, il ajouta :

— Nous allons devoir rester ici un ou deux jours de plus. C'est un problème pour ton travail ?

Quelques jours supplémentaires seule avec Drake Cawthorn n'en étaient pas un. Elle aurait même accueilli avec joie une semaine, voire un mois de neige pour rester dans cette bulle de bonheur, loin du monde.

— C'est une période calme pour nous. Notre prochain mariage est le week-end en quinze. Qu'en est-il pour toi ?

Il haussa les épaules.

— Je demanderai à ma secrétaire de reprogrammer mes rendez-vous, dit-il avant de presser sa main au creux de ses reins pour l'attirer à lui. Si je ne t'avais pas suggéré de quitter ta réunion hier soir, tu ne serais pas coincée avec moi ici, maintenant.

Aerin suivit du doigt la cicatrice qui barrait son sourcil, puis souligna le contour de ses lèvres.

— Je ne me sens pas coincée avec toi. En fait, c'est plutôt le contraire. Je me sens étrangement libre. Je n'avais pas imaginé que faire l'amour puisse être aussi merveilleux. J'avais entendu des échos de mes amies, bien sûr, mais sans jamais en réaliser la puissance. La façon dont cela transporte corps et âme dans l'euphorie. Je suis heureuse de l'avoir découvert avec toi.

Drake lui captura la main et la tint près de sa bouche.

— Je t'ai sentie mal à l'aise de devoir feindre d'être amoureuse devant tes amies. J'ai pensé que t'emmener ici te décontracterait.

Affichant alors un sourire contrit, il ajouta :

— Puis j'ai été incapable de contenir mon désir pour toi.

Certes, elle avait détesté mentir à ses amies et redouté d'être démasquée. Mais avait-elle vraiment prétendu être amoureuse de lui quand avec le recul elle savait son émotion réelle depuis leur baiser dans l'avion ? Non, il n'y avait eu aucun jeu. Dès l'instant où il avait pressé ses lèvres sur les siennes, quelque chose avait changé en elle. Un sentiment difficile à exprimer si ce n'était qu'il lui paraissait juste d'avoir son premier baiser avec cet homme. Cela avait été un moment magique.

S'abandonnant contre son torse, elle avoua :

— Je ne pouvais pas moi non plus m'empêcher de te vouloir. Il est difficile de te résister quand tu embrasses si bien.

Les yeux soudain brillants, Drake la serra plus fort.

— Serait-ce là une façon déguisée de me demander de recommencer ?

Aerin lui décocha un sourire innocent.

— Seulement si tu en as envie.

— J'en ai même *très* envie.

Il abaissa alors la tête et prit possession de sa bouche.

Quelques heures plus tard, Drake buvait une seconde tasse de café tandis qu'Aerin faisait l'inventaire du réfrigérateur, du congélateur et des placards pour établir le menu de leur dîner car ils avaient pris l'équivalent d'un brunch en fin de matinée après avoir fait l'amour pour la deuxième fois.

Faire l'amour...

Bizarrement, il ne pouvait qualifier autrement le fait de coucher avec elle. Ses relations précédentes se limitaient au sexe, à l'assouvissement temporaire d'un désir physique. Mais avec Aerin, il trouvait difficile de conserver ses émotions séparées de l'acte. Se savoir son premier amant jouait en cela. Même s'il ne considérait pas la virginité d'une femme comme un trophée, il ne pourrait jamais oublier qu'elle avait eu suffisamment confiance en lui pour lui offrir la sienne.

— Il y a assez de provisions ici pour tenir une semaine, voire deux, dit-elle en refermant le dernier placard.

— Espérons que nous ne resterons pas si longtemps.

En voyant les traits d'Aerin s'affaisser, Drake s'en voulut de son choix de mots maladroit. Posant sa tasse, il la prit dans ses bras.

— Je suis désolé de m'être si mal exprimé. Ces termes ne reflètent pas ma pensée.

Elle leva vers lui ses beaux yeux bleus empreints de tristesse.

— Ce n'est pas grave.

Drake lui prit le visage entre les mains.

— Ça l'est si ma négligence verbale te blesse. J'aime être ici avec toi. En fait, je souhaiterais pouvoir y rester une semaine ou deux.

— Vraiment ?

— Oui, répondit-il en lui déposant un léger baiser sur les lèvres avant de lui prendre les mains. Hélas, nous avons tous deux des engagements professionnels, et les gens vont se demander où nous sommes passés. As-tu dit à quiconque où nous étions ?

— Non, puisque nous devions rentrer ce soir. Je vais toutefois devoir envoyer un message à Ruby et à Harper pour les informer que je ne serai pas de retour avant deux ou peut-être trois jours.

— Elles ne penseront pas qu'il y a anguille sous roche, à ton avis ?

— Les connaissant, si. Mentir à mes anciennes camarades de classe a déjà été difficile, mais je n'étais pas aussi proche d'elles que de Ruby et de Harper. Or toutes deux m'ont sans cesse entendue critiquer ton côté cynique et raconter mes tactiques pour t'éviter. Je ne suis pas certaine d'être capable de tenir le même discours maintenant que je te connais mieux.

— Nous devons reprendre une attitude aussi normale que possible.

La lâchant, Drake se passa les mains dans les cheveux. Les émotions bouillonnaient en lui malgré ses efforts pour les enrayer. En prolongeant leur relation, il la ferait souffrir davantage. Lui offrir la vie dont elle rêvait était impossible. Or lui faire l'amour avait irréversiblement changé la dynamique entre eux. Il voulait tant être avec elle que c'en était douloureux. Un sentiment de cette intensité était nouveau pour lui. D'une certaine manière, comme Aerin, il voulait ce qu'il ne pouvait pas avoir. Pour lui, c'était le destin qui en avait décidé. Il serait toujours celui qui avait perdu sa famille à cause des actions méprisables de son père.

Il ne pouvait plus aimer. Ne le ferait jamais.

Il n'échouerait plus.

Comment garantir que son amour pour une femme suffirait à la protéger ?

— Tu seras heureux de reprendre ta vie de play-boy dès que possible, j'imagine, dit-elle d'un ton amer.

Drake aurait aimé lui dire combien, récemment, il avait détesté cette existence. Il en avait assez des rencontres éphémères et superficielles. Aucune de ses maîtresses n'avait réussi à percer la forteresse emprisonnant ses émotions. Elle était la seule.

Mais Aerin, avec sa nature douce et aimante, lui avait jeté un sort. Un sort dont l'emprise sur lui s'intensifiait au fil des minutes passées avec elle. Lui parler de son passé avait été douloureux. Pourtant, cela avait aussi relâché une partie des ténèbres en lui. Il ne s'était jamais senti aussi libre depuis son enfance. Même sans l'être entièrement, il l'était assez pour avoir l'impression de respirer enfin.

Il lui reprit les mains.

— Tu vas me manquer. Nous avons vécu des heures très particulières ensemble. Je tiens à ce que tu le saches.

Elle déglutit tout en le regardant avec une telle intensité qu'il sentit son cœur se serrer.

— Je suis désolée. Je n'aurais pas dû être sarcastique envers le style de vie que tu as choisi de mener. J'ai réagi ainsi car je suis peinée que tu passes à côté d'une véritable relation. Une qui, au lieu d'être transactionnelle et passagère, soit un réel engagement, pour toujours.

— Ton intention est louable, Aerin, je le sais. Ta vie, professionnelle comme personnelle, est dédiée au bonheur des gens. Mais j'ai vu trop de relations échouer. Pas toujours par manque d'amour, d'ailleurs. Des valeurs différentes, le poids des enfants ou des responsabilités, la maladie, les soucis financiers ou autres arrivent aussi à séparer un couple au demeurant uni.

Elle lui adressa un sourire triste.

— Bien sûr, seulement tu t'es fermé à l'amour. Comment y arrives-tu, et comment est-il possible de ne pas éprouver de sentiments, je l'ignore. Mais cela ne me paraît pas sain.

Drake lui souleva le menton pour capter son regard.

— N'essaye pas de me réparer, Boucle d'or. Je suis bien comme je suis.

Une part de lui cependant commençait à admettre ne pas être aussi satisfait de sa vie qu'il le pensait autrefois. Son travail, certes épanouissant, occupait ses journées, mais il n'appréciait plus de rentrer dans une maison vide le soir. Changer sans cesse de maîtresse avait déjà perdu de son attrait avant l'arrivée d'Aerin dans son bureau en début de semaine. Passer deux jours en sa compagnie lui avait fait découvrir un nouvel horizon. Comme si une porte s'était entrouverte et avait laissé filtrer une lumière capable de diluer sa noirceur intérieure. Deux questions se posaient à lui. Était-il prêt à se libérer de son passé ? Et pouvait-il espérer une liaison avec Aerin aussi parfaite qu'elle la désirait ? Après avoir dramatiquement failli à son devoir envers sa mère et sa sœur à l'âge de quinze ans, Drake redoutait un nouvel échec. Aussi, envisager de s'engager pour le long terme avec cette délicieuse jeune femme réveillait sa plus grande peur. Échouer à protéger un être aimé.

Une lueur de défi brilla dans les yeux gris-bleu d'Aerin.

— Es-tu vraiment satisfait de ta vie ? Il doit t'arriver de te sentir très seul. Tu dois souhaiter plus de tes relations qu'un échange physique.

— Pourquoi le voudrais-je ?

— Parce que..., commença-t-elle avant de se mordre la lèvre puis de détourner les yeux. Peu importe.

Elle afficha alors un sourire et repartit vers un placard.

— Tu nous as préparé le déjeuner, à moi de m'occuper du dîner.

Drake lui posa les mains sur les épaules. À ce contact, il la sentit frissonner. Écartant ses cheveux, il l'embrassa dans le cou. Elle se retourna lentement. Leurs regards se croisèrent. Immédiatement il se demanda s'il pourrait la revoir sans la désirer. S'il serait capable de reprendre son ancienne vie de brèves liaisons sans penser à son goût, à la sensation de ses mains sur son corps, sans sentir son délicat parfum qui l'enivrait.

Il caressa du dos de la main la peau soyeuse de sa joue.

— Je n'ai aucune envie de nourriture, là maintenant.

— De quoi as-tu envie, alors ?

Approchant sa bouche de la sienne, il murmura :

— Je peux te le dire, ou te le montrer. Choisis.

— Montre-moi.

Il écrasa alors ses lèvres sur les siennes, qui s'ouvrirent sous l'insistance de sa langue. Une vague brûlante se déversa dans ses veines tandis qu'Aerin se pressait contre lui. Drake adorait sentir le corps mince de la jeune femme entre ses bras. Une délicieuse tension, par anticipation, montait en lui comme jamais auparavant.

Elle lui enlaça le cou et approfondit leur baiser. Leurs langues entamèrent un ballet érotique. Soudain, elle posa une main sur son érection.

— Je te veux, Drake.

Sa voix douce mais pas moins exigeante l'enchanta. Elle gagnait en confiance intime, exprimait son désir sans la moindre honte.

— Je te veux aussi.

Glissant une main sous son pull-over en cachemire, Drake découvrit avec plaisir qu'elle ne portait pas de soutien-gorge. Il le souleva pour embrasser les pointes dressées de ses seins. Aerin se cambra en une supplique silencieuse. Ses petits gémissements le galvanisèrent. La pressant contre son érection, il murmura :

— La cuisine n'est pas l'endroit le plus confortable pour faire l'amour. Montons.

— Je ne suis pas certaine que mes jambes aient la force d'aller si loin après ce baiser.

— Voilà un problème facile à résoudre.

Il la souleva dans ses bras et partit vers l'escalier.

Aerin eut un petit rire.

— Que fais-tu donc ? Tu vas te briser le dos à me porter jusqu'en haut.

— T'inquiète, je fais assez de sport pour éviter ce genre de problèmes.

— Je le sais bien, dit-elle en caressant son biceps. Tu as une musculature impressionnante.

Une fois dans la chambre, le cœur battant non pas d'avoir porté Aerin mais de savoir qu'elle le désirait autant que lui la désirait, Drake la déposa sur son lit et l'admira. Avec ses cheveux étalés sur l'oreiller autour de son ravissant visage, ses yeux brillants et son sourire lumineux, elle l'attirait comme aucune autre ne l'avait fait. Il la débarrassa de ses vêtements avant d'ôter les siens et de préparer un préservatif sur la table de nuit.

Dès qu'il s'allongea auprès d'elle, Aerin lui caressa le torse, glissant doucement vers son ventre. Préférant lui donner du plaisir avant de succomber au sien, Drake lui saisit la main, puis parcourut sa poitrine de baisers avant de descendre jusqu'au cœur de sa féminité. Goûter son désir l'excita davantage. Quelques secondes plus tard, elle gémissait sous sa bouche et ses caresses. Son corps s'arc-bouta une dernière fois avant de s'abandonner à l'orgasme dans un cri. Il ne la désira que plus encore. Elle se donnait et exprimait son plaisir sans retenue. Une question le tarauda soudain. Sa passion se manifesterait-elle avec une telle liberté un jour entre les bras d'un autre ?

Un autre…

Drake aurait voulu pouvoir éradiquer cette pensée de son esprit. Il ne voulait pas l'imaginer en train de faire l'amour avec un homme qui ne se soucierait pas de son plaisir en priorité. Un qui pourrait l'utiliser ou la forcer à des actes qui la dérangeraient.

— Puis-je m'occuper de toi ?

— Pardon ? demanda-t-il, surpris.

— Je voudrais te goûter comme tu m'as goûtée.

— Tu n'as pas à le faire. Je ne veux pas que tu te sentes obligée si tu n'es pas à l'aise avec ça.

— Mais je suis à l'aise avec toi.

Et Drake l'était avec elle. Bien trop d'ailleurs. Si à l'aise qu'il se demandait comment il allait survivre au quotidien sans elle. Il frissonna à l'idée de sa bouche sur la partie la plus intime de son anatomie. Comment refuser après cela ?

— D'accord mais, si tu ne souhaites pas aller jusqu'au bout, arrête-toi.

Mais Aerin s'occupa de lui jusqu'à ce qu'elle l'envoie dans un tourbillon de plaisir si époustouflant qu'il crut ne jamais s'en remettre.

[illegible] pas [illegible]
bout [illegible]

Mais [illegible] qu'elle [illegible]
dans un [illegible]
de [illegible]

9

Le soir, après le dîner, Aerin prit le temps d'envoyer un message annonçant son retour différé à ses associées. Son texto à peine envoyé, Harper l'appela.

— Que se passe-t-il ?

— Rien de grave. Nous sommes juste coincés par le temps.

— Qui ça, « nous » ? Toutes tes anciennes camarades de pensionnat sont coincées avec toi ?

Aerin se mordit la lèvre. Il lui était impossible de mentir à l'une de ses meilleures amies, surtout à Harper qui avait souffert toute sa jeunesse du manque de parole de son père. Celui-ci, un homme marié, avait cessé de promettre à sa mère de l'épouser en apprenant sa grossesse. Lorsque, après le décès de sa maîtresse, les services sociaux l'avaient contacté pour lui demander de venir chercher sa fille en foyer d'accueil, il avait accumulé les excuses avant de disparaître définitivement.

— Non. En fait, je suis seule avec Drake, mais tu ne dois le dire à personne. Vendredi soir, après la soirée, il m'a emmenée dans un ravissant cottage isolé dans la campagne car notre chambre d'hôtel n'avait qu'un lit. La neige s'est mise à tomber dans la nuit, et au matin les routes étaient impraticables. Donc nous ne pouvons pas rentrer avant qu'elle fonde.

Harper laissa échapper un sifflement.

— Oh ! ma pauvre ! Te voilà coincée par la neige avec ton pire ennemi.

— Il n'est rien de tel ! s'exclama Aerin aussitôt sur la défensive.

— Tiens donc… Vous avez fait la paix ?

Elle laissa passer quelques secondes avant d'ajouter :

— Et même beaucoup plus que la paix, si je ne me trompe.

— Je ne peux rien te dire. J'ai promis à Drake de ne pas en parler. Il ne veut pas que notre… association devienne sujet à commérages. Je ne tiens d'ailleurs pas non plus à ce que ma famille en ait vent.

— Ne crains-tu pas de t'être lancée dans une aventure qui te dépasse, ma chérie ? Sans vouloir t'offenser, tu es bien trop candide pour faire le poids face à un homme tel que Drake Cawthorn.

— Je sais ce que je fais.

— Et que va-t-il se passer à votre retour ? Vous allez poursuivre votre *association* secrète ?

— Non, nous sommes d'accord pour y mettre un terme dès notre arrivée à Londres.

Le cœur serré, Aerin se demanda comment elle allait surmonter leur séparation.

— Aïe…, soupira Harper. Je sens venir un chagrin d'amour.

— C'est toi qui m'as suggéré de lui demander de m'accompagner à cette réunion d'anciennes élèves, je te rappelle.

— Je sais, c'est bien pour ça que je m'inquiète, maintenant. Tu as un cœur des plus tendres, et le sien est en acier. Comment cela pourrait-il marcher entre vous ?

Ce fut au tour d'Aerin de soupirer.

— Comme si je ne le savais pas.

Deux jours plus tard, la neige était toujours aussi épaisse, mais un grand soleil fit son apparition. Le paysage n'en fut que plus magnifique. Aerin s'aventura dehors, le cœur lourd à l'idée de l'inéluctable retour à Londres. C'en serait bientôt fini des heures magiques avec Drake...

À ce point de sa réflexion, il la rejoignit dans le jardin.

— La neige ne va pas tarder à fondre si ce beau temps se maintient.

— En effet...

Drake lui passa un bras autour des épaules.

— C'est la première fois depuis une éternité que je prends quelques jours loin de mon bureau. Je devrais le faire plus souvent, mais il y a toujours des rendez-vous ou une affaire urgente à plaider.

Aerin lui enlaça la taille et se nicha contre lui.

— Tu as toujours été ultra-performant. Tom m'a dit que tu éclipsais tout le monde à la fac.

— Oui, grommela Drake. En fait, j'avais quelque chose à prouver, j'imagine.

Il lui décocha un petit sourire triste avant de poursuivre :

— Je voulais rendre ma vie utile pour compenser la perte de ma mère et de ma sœur. Elles n'avaient pas eu la possibilité d'atteindre leurs objectifs dans la vie, aussi je me suis assuré d'atteindre les miens.

Faute de pouvoir soulager sa peine, Aerin resserra son étreinte.

— Elles seraient très fières de toi, j'en suis certaine. Comment s'appelait ta sœur ?

— Natasha, mais pour moi elle était simplement Tash. Ma mère s'appelait Rosemary.

Un long silence s'écoula avant qu'il ne reprenne la parole.

— Merci.

— Pour quoi ?

— Pour n'avoir pas demandé le prénom de mon père. Je

déteste son souvenir. Sa vie était fondée sur le mensonge, le double jeu, la trahison. Ma mère est tombée sous son charme et n'a réalisé son erreur qu'après ma naissance. À partir de ce moment, il a totalement changé, et est devenu de plus en plus autoritaire. À la naissance de Tash, deux ans plus tard, ça a empiré. J'ai fait tout mon possible pour les protéger, mais cela ne suffisait pas. J'ai même supplié ma mère d'aller parler à la police. Hélas, elle avait trop peur. Elle savait qu'il la tuerait si elle le quittait, je crois. Je n'ai pas compris la dynamique de leur couple à l'époque. Maintenant cependant, je sais.

Aerin le serra contre elle.

— Je ne supporte pas l'idée que tu aies tant souffert.

Drake referma ses bras autour d'elle et posa son menton sur sa tête.

— Assez discuté de mon horrible passé. Sais-tu ce que j'ai envie de faire là, tout de suite ?

— L'amour ?

Il rit.

— Dans la neige ? Tu plaisantes ! Quand as-tu fait un bonhomme de neige pour la dernière fois ?

— Il y a des années.

— On en fait un ?

— J'adorerais ça, répondit-elle en souriant.

Un quart d'heure plus tard, un grand bonhomme se dressait au milieu de la pelouse avec deux pierres en guise d'yeux et des rameaux pour bras. Aerin recula pour admirer leur œuvre.

— Il lui manque un nez.

— Ne bouge pas, je vais lui en chercher un.

Lorsqu'il revint avec une carotte, elle la ficha au milieu du visage de leur bonhomme.

— Je me demande combien de temps il va mettre à fondre ?

— Qui sait ?

Son ton évasif ajouté à son front soucieux intrigua Aerin. Pensait-il à son propre cœur figé dans la glace ? Que faudrait-il pour dissoudre l'armure dont il se protégeait ?

Et serait-elle celle qui y parviendrait ?

Le soleil dura toute la journée, si bien qu'à leur réveil, le lendemain, la route était assez dégagée pour leur permettre de rentrer à Édimbourg. Déterminée à ne pas montrer sa tristesse ou, pire, à s'accrocher à Drake au moment des adieux, Aerin afficha une indifférence factice jusqu'à leur atterrissage à Londres. En fait, il resta silencieux la plupart du temps, et elle en fit autant.

Une fois arrivés devant chez elle, Drake monta sa valise dans l'appartement, la posa dans l'entrée puis, un faible sourire aux lèvres, déclara :

— Eh bien, je ferais bien de partir, j'imagine.

— Tu ne veux pas une tasse de thé ou un café avant ?

Elle s'en voulut aussitôt de cette offre trahissant son désir de le garder plus longtemps, mais il n'en sembla pas contrarié.

— Il vaut mieux que je file.

Drake hésita cependant un long moment, puis la serra dans ses bras.

— Prends soin de toi, Boucle d'or.

Sa voix soudain rauque serra le cœur d'Aerin. Une boule lui obstrua la gorge.

— Je le ferai.

Il finit par la lâcher.

— Continue à m'envoyer des clients, d'accord ?

— Compte sur moi.

Une minute plus tard, la porte se refermait sur lui.

Une fois dans l'escalier, Drake laissa échapper un souffle qu'il lui semblait avoir retenu une éternité. C'était donc fini. Au revoir et merci pour tout. Pourtant, cela n'avait rien de définitif car il reverrait Aerin chez les Drysdale, chez Tom ou par le biais de leurs relations professionnelles. Il devrait alors mettre de côté ses souvenirs de leur séjour en Écosse, cesser de penser aux délices de leur intimité pour ne plus voir en elle que la sœur de son ami.

Il rejoignit sa voiture, les épaules arrondies contre la pluie glaciale qui s'était mise à tomber. Il n'avait jamais rompu son vœu de sobriété, n'avait jamais eu besoin d'un verre d'alcool pour lui anesthésier les sens et lui vider l'esprit. Pourtant, en cet instant, il souhaita avoir un moyen d'engourdir la douleur de cette séparation.

— Comment s'est passé votre voyage ? lui demanda Cathleen à son arrivée au bureau, le lendemain matin.

— Très bien.

Sa secrétaire se cala contre le dossier de son fauteuil, l'évaluant du regard.

— Ce sont vos premières vacances depuis des années.

— Ce n'étaient pas des vacances.

— Qu'est-ce que c'était, alors ?

Le meilleur moment de sa vie. Il se sentait différent, plus libre qu'il ne l'avait jamais été. Perturbé aussi par un afflux constant de pensées, qu'il dissimula en attrapant un dossier qu'il feuilleta.

— Je rendais service à une amie.

— Aerin Drysdale, c'est ça ?

Drake repoussa une vision d'Aerin allongée nue sur son lit, puis la sensation de son corps se convulsant de plaisir entre ses bras. Penser à elle était stupide. Leur aventure était terminée. Elle devait l'être.

Il tourna la page suivante de son dossier avec plus d'énergie que nécessaire.

— J'ai du travail à rattraper, dit-il en empruntant le couloir de son bureau. Pendant les deux prochains jours, ne me dérangez qu'en cas d'urgence.

— Compris, monsieur.

Avant d'arriver à sa porte, il se retourna.

— Pourriez-vous faire envoyer des fleurs à Mlle Drysdale, Cathleen ?

— Que dois-je demander au fleuriste d'écrire sur la carte ?

Drake réfléchit quelques secondes. En vain. Aucun message ne lui vint à l'esprit.

— Faites-les livrer ici. Je les lui déposerai avant de rentrer chez moi.

Ces mots à peine prononcés, il s'en voulut de son manque de volonté. Incapable de ne pas la voir d'une journée ! Qui eût cru cela de lui ?

Drake repoussa cependant la voix narquoise de sa conscience. Il voulait simplement s'assurer qu'Aerin avait bien supporté leur séparation. Car, force était de l'admettre, il la vivait très mal. C'était là une première. Prolonger leur relation serait-il une possibilité ? Il en pesa le pour et le contre toute la journée. Aerin cherchait son âme sœur. Il ne correspondait en rien au portrait de son homme idéal, mais elle le savait et l'avait choisi pour premier amant. Profiter l'un de l'autre plus longtemps pouvait donc s'avérer dangereux.

Pour elle comme pour lui.

Las de tergiverser, Drake quitta son bureau en fin d'après-midi. Il allait simplement offrir un bouquet de fleurs à Aerin, pas mettre genou à terre.

Cela n'arriverait jamais.

En rentrant de l'agence, Aerin entendit Mutley aboyer derrière la porte de M. McPhee. Elle avait aperçu son voisin le matin, lui avait trouvé mauvaise mine et s'était promis de passer lui rendre visite à son retour du travail.

Comme il ne répondait pas à son coup de sonnette, elle alla chercher les clés qu'il avait insisté pour lui confier deux mois auparavant. Elle ressortait de son appartement lorsque des pas résonnèrent dans l'escalier. Dans la seconde suivante, Drake apparaissait sur les marches, un énorme bouquet à la main. Son cœur s'emballa.

En d'autres circonstances, Aerin l'aurait embrassé, mais son inquiétude pour son voisin prima.

— Drake, peux-tu venir avec moi chez M. McPhee ? Il ne répond pas, et son chien ne cesse d'aboyer. C'est vraiment inhabituel. Je crains que quelque chose n'aille pas.

— Bien sûr.

Il posa les fleurs dans l'entrée d'Aerin, lui prit les clés des mains et ouvrit la porte de son voisin. Mutley se précipita vers eux en jappant, traversa le hall puis revint sur ses pas pour les inciter à le suivre.

— Mon Dieu, M. McPhee ! s'exclama-t-elle en le voyant effondré sur le canapé.

Drake l'écarta, s'accroupit devant le vieil homme et lui prit le pouls.

— Appelle une ambulance, lança-t-il.

Son ton posé quoique ferme aida Aerin à conserver son calme.

Cinq minutes plus tard, deux infirmiers emmenaient M. McPhee sur un brancard. Aerin leur dit ce qu'elle savait de ses problèmes de santé et leur donna ses médicaments rangés dans la cuisine.

— Vous êtes sa fille et son gendre ? lui demanda un des ambulanciers.

N'osant regarder Drake, elle répondit :

— Non, je suis sa voisine, et monsieur est... un ami.

L'autre ambulancier, qui avait remarqué la détresse de Mutley face à son maître allongé inconscient, et qui devait aimer les animaux, intervint :

— Y a-t-il quelqu'un pour s'occuper de son chien ?

— Je peux le prendre en charge, répondit Aerin sans réfléchir.

Une fois l'ambulance repartie, elle poussa un profond soupir.

— Je suis tellement heureuse que tu sois arrivé au moment critique. Je ne suis pas douée en cas d'urgence. Je panique et perds toute capacité d'action.

Il l'attira dans ses bras.

— Ne te déprécie pas. Les médecins vont le remettre sur pied et, avec un peu de chance, il sera bientôt de retour.

— Et si ce n'est pas le cas ?

Drake lui repoussa les cheveux du visage.

— Ton grand cœur si tendre va te causer des ennuis un de ces jours.

C'était déjà fait, mais il l'ignorait. Et ce n'était pas le moment de le lui dire.

— Sois sérieux, répondit-elle, lançant un coup d'œil au chien qui les regardait d'un air malheureux. Comment vais-je faire avec Mutley ? Je travaille du matin au soir. Or il est habitué à la compagnie constante de M. McPhee, et il faut le sortir plusieurs fois dans la journée. S'il aboie trop, les voisins vont se plaindre au propriétaire.

— Tu pourrais le confier à un chenil ou à un refuge.

— Non, il est trop vieux, il ne s'habituerait ni à la présence d'autres chiens ni à celle d'inconnus. Je l'aurais bien emmené chez mes parents, mais maman est devenue allergique aux poils.

Mutley vint s'asseoir aux pieds de Drake et leva vers lui des yeux implorants.

— Il veut que tu le prennes, déclara Aerin.

— Impossible. Je travaille toute la journée et couche souvent à l'extérieur quand...

— Tu peux certainement mettre ta vie de play-boy entre parenthèses une semaine ou deux, non ? Tu as un jardin, donc il s'habituera mieux chez toi.

Drake secoua la tête catégoriquement, mais Mutley se mit à gémir tout en balayant le sol de sa queue.

— Hé ! ne me regarde pas comme ça, toi, grommela-t-il.

Aerin éclata de rire.

— Il t'adore. Il sent un chef de meute en toi. Les chiens ont besoin d'un meneur.

Drake poussa un long soupir.

— Je savais que c'était une erreur de venir te voir ce soir.

— Pourquoi l'as-tu fait ?

— Je voulais t'offrir des fleurs.

— En personne ? Pourquoi ne pas les avoir fait livrer ?

— Pour ça, répliqua-t-il avant de prendre possession de sa bouche.

Aerin fondit dans son étreinte, savourant sa chaleur et la passion accumulée dans son baiser.

— Peux-tu m'expliquer ce qui se passe ? demanda-t-elle lorsqu'ils se séparèrent. Selon toi, notre aventure devait se terminer à notre retour à Londres.

Drake lui caressa les lèvres du pouce.

— Je ne trouvais pas juste de te déposer hier soir chez toi et de poursuivre ma vie comme si les derniers jours n'avaient pas existé.

Aerin s'efforça de refréner son espoir, pas très certaine de là où il voulait en venir.

— Donc, es-tu en train de me dire que tu voudrais poursuivre notre... association ?

Drake lui prit les mains.

— Je ne suis pas prêt à y mettre un terme.

Même si entendre sa voix soudain rauque et voir le feu briller dans ses yeux émut Aerin, elle préféra rester ferme.

— Mais tu le feras. Ce n'est qu'une question de temps, n'est-ce pas ?

— Oui. Je ne peux t'offrir qu'une aventure sans lendemain.

— S'il te plaît, n'utilise pas ce terme. C'était plus que ça, et tu le sais.

Il lui serra les mains.

— Je veux plus de temps avec toi.

— Combien ?

Elle vit sa pomme d'Adam monter et descendre nerveusement sur son cou.

— Je ne sais pas. Juste plus de temps.

Aerin se demanda s'il valait mieux s'en tenir à une rupture ou lui accorder un temps qui lui permettrait peut-être de s'ouvrir un peu plus à elle. Il lui avait déjà confié beaucoup sur son passé, plus qu'à quiconque, y compris son meilleur ami. Cela suggérerait-il qu'elle pourrait être la clé qui ouvrirait son cœur à l'amour ?

— D'accord, mais comment allons-nous faire pour garder notre relation secrète ?

Le soupir de Drake trahit un visible soulagement. Il referma ses bras autour d'elle.

— Ce qui se passe entre nous ne regarde que nous. Je préférerais que ça reste ainsi aussi longtemps que possible.

Elle se garda bien de lui avouer en avoir plus ou moins parlé à Harper, qui de toute manière l'aurait vite deviné. Quant à Ruby, elle en ferait autant.

— Donc nous allons nous rencontrer en secret ?

— Pourrais-tu déjà venir t'installer chez moi quelques jours ? Cela permettrait à Mutley de s'adapter plus facilement puisqu'il te connaît. C'est aussi plus près de ton travail, et plus discret qu'un immeuble.

Aerin écarquilla les yeux.

— Tu es certain que c'est une bonne idée ? Tu demandes souvent à tes maîtresses de dormir chez toi ?

— Jamais, mais tu es différente. De plus, c'est juste le temps que M. McPhee sorte de l'hôpital. Après, nous réévaluerons la situation.

— Comment se fait-il que tu n'aies jamais invité de maîtresse chez toi ?

Les traits de Drake s'affaissèrent.

— J'ai pris l'habitude de vivre seul depuis mes dix-huit ans. Je ne suis pas un hôte des plus conviviaux, mais j'aimerais que tu viennes habiter chez moi.

Aerin se trouvait face à un dilemme.

D'un côté, prolonger leur relation ne la rapprocherait pas de son but de vie. Drake Cawthorn – bien que ne correspondant pas à son image initiale de M. Parfait – était devenu l'homme de ses rêves, mais il refusait ce statut. Il ne voulait être l'âme sœur de personne. Il ne voulait aimer personne.

De l'autre, la tentation de passer plus de temps avec Drake dans sa superbe maison de Bloomsbury était trop grande pour y résister.

Il était irrésistible.

10

Deux heures plus tard, en regardant Mutley dormir dans son panier devant la cheminée du salon, Drake s'étonnait encore d'avoir accepté de s'occuper de ce vieux chien. Mais c'était simplement la preuve qu'Aerin était capable de lui faire faire à peu près n'importe quoi.

Il était aussi surpris de l'avoir invitée à séjourner chez lui. Il n'aimait guère avoir des visiteurs, en règle générale. Cependant, elle était sa maîtresse pour une durée indéterminée, ce qui le mettait mal à l'aise. D'ordinaire, il savait toujours quand mettre un terme à une liaison.

Mais avec Aerin, tout était différent.

En cet instant, assise sur le canapé face au sien, ses jambes fines repliées sur le côté, elle sirotait un chocolat chaud, les deux mains autour du mug.

— Mutley semble s'être bien habitué, dit-elle.

Drake grommela une réponse qui ne l'engageait pas, but une gorgée de chocolat, reposa sa tasse sur la table basse, puis tapota le coussin près de lui.

— Pourquoi ne viens-tu pas t'asseoir ici ?

Les yeux d'Aerin s'illuminèrent, et un sourire timide fleurit sur sa bouche. Elle posa à son tour son mug et vint prendre place à côté de lui.

Drake passa un bras sur le dossier du canapé, puis lui prit une main qu'il porta à ses lèvres.

— As-tu reçu des nouvelles de M. McPhee ?

— Pas encore. J'ignore d'ailleurs si l'hôpital m'en donnera dans la mesure où je ne suis pas un membre de sa famille. Il a un fils qui, je crois, vit à l'étranger et qu'il n'a pas vu depuis des années. Crois-tu que je devrais essayer de le trouver ?

Drake entoura une mèche de cheveux blonds autour d'un doigt.

— Je peux m'en charger pour toi.

— Vraiment ? Ce serait formidable car j'ai un mariage important dans dix jours et je commence à paniquer. D'ordinaire, je suis très organisée mais, entre la réunion d'anciennes élèves et notre séjour prolongé en Écosse, j'ai du retard à rattraper.

— Où a lieu ce mariage ?

— Dans le Kent, dans la superbe propriété des parents de la mariée. La messe aura lieu dans l'église du village. J'espère qu'il fera beau car c'est un couple adorable. Je veux que tout soit parfait pour eux.

— Ce n'est pas la période idéale. La plupart des gens préfèrent se marier au printemps ou en été, non ?

— Si, mais le futur marié est en train de mourir d'une tumeur cérébrale. Ils ne peuvent pas attendre le printemps. Il ne sera peut-être même plus là à Noël.

Drake fronça les sourcils.

— C'est triste.

— Oui. Il est toutefois merveilleux de voir leur amour réciproque. Ce sont deux âmes sœurs.

Elle soupira avant d'ajouter :

— Je me demande comment Yelena supportera de perdre Viktor. Il est tout pour elle, et elle pour lui.

— Aimer paraît risqué. Cela revient à s'exposer à perdre son partenaire d'une manière ou d'une autre.

Aerin darda sur lui ses yeux au gris-bleu clair.

— Le risque existe, mais ce n'est pas une raison pour ne pas aimer.

Drake se força à sourire, puis lâcha la mèche de cheveux d'Aerin.

— Il est temps d'aller au lit, tu ne crois pas ?

— On ferait mieux de sortir Mutley pour qu'il fasse ses besoins avant.

— Je m'en charge, répondit Drake en se levant. Monte te coucher.

— Tu en es certain ?

— Absolument.

Drake enfila un manteau, puis sortit, le chien trottinant sur ses talons. Mutley était si vieux qu'il lui fallut près d'une demi-heure pour renifler chaque recoin du jardin avant de se soulager. De retour dans le salon, il se coucha dans son panier et, le museau posé sur ses pattes avant, il lança à Drake un regard triste.

— Tom maître te manque, lui dit-il en lui grattant la tête, mais il va revenir bientôt en pleine forme.

Le chien poussa un profond soupir, l'air de dire : « Je ne crois guère aux miracles. »

— Tu as raison, mon vieux. Je n'y crois pas non plus.

Aerin était en train de préparer ses vêtements pour le lendemain lorsque Drake arriva dans la chambre.

— Je te remercie d'avoir pris soin de Mutley. Au fait, qui va se charger de lui demain pendant que nous serons tous deux au travail ?

— Mon employée de maison sera là, et j'ai demandé

à un ouvrier de venir installer une trappe dans la porte de la cuisine pour qu'il puisse entrer et sortir à sa guise.

— Cela me soulage. Je ne me voyais pas l'emmener à l'agence.

— Eh bien, je ne suis pas sûr de la réaction du juge si je me pointais avec lui au tribunal. À moins de le faire passer pour un chien de thérapie.

Aerin sourit.

— Il serait excellent dans ce rôle. Il est tellement adorable.

Drake commença à déboutonner sa chemise.

— Tu veux prendre une douche avant de te coucher ?

— Tu en prends une ?

— Tu veux la prendre avec moi ? demanda-t-il, les yeux soudain brillants.

— Ça me paraît sympa.

Il la rejoignit et lui ôta ses vêtements. Une fois nue devant lui, Aerin savoura son regard gourmand sur son corps. C'était excitant d'être désirée à ce point. Elle se mit alors à le déshabiller et découvrit à quel point il la désirait.

Drake la conduisit jusqu'à la salle de bains. La cabine de douche était immense. Dès qu'il actionna le mitigeur, l'eau tomba en pluie d'un pommeau carré en hauteur. Il vérifia la température, et ils prirent place sous le jet.

Comme il resserrait ses bras autour d'elle, Aerin renversa la tête en arrière, heureuse de sentir l'eau sur son visage, mais plus encore son grand corps contre le sien. Il prit alors possession de ses lèvres. À son baiser si passionné, on aurait dit qu'il ne l'avait pas vue depuis des jours au lieu de quelques heures.

Soudain, il posa les mains en coupe autour de ses seins, en titilla les pointes et les embrassa jusqu'à ce qu'elle ne puisse retenir ses gémissements. S'agenouillant, il lui écarta les jambes et, la bouche au centre de son intimité, lui prodigua des attentions qui la transportèrent dans un orgasme si foudroyant qu'elle poussa un long cri et se mit à trembler de manière incontrôlée.

Drake la saisit par les hanches pour la stabiliser le temps que son corps s'apaise. Se redressant alors, il la serra contre son érection.

— J'adore te regarder jouir.

Posant les mains contre son torse, elle le caressa avant de porter son attention plus bas et, confiante dans son pouvoir de le satisfaire, elle s'accroupit pour le prendre dans sa bouche. Elle sentit son corps se tendre, et l'entendit gémir. Enhardie par sa réaction, elle s'appliqua à lui donner du plaisir. Quelques secondes plus tard, un râle lui échappa tandis qu'il atteignait l'orgasme à son tour.

Aerin se releva et sourit.

— Tu as toi aussi passé un bon moment, on dirait.

Drake la serra dans ses bras.

— Le meilleur de ma vie.

Le lendemain, à l'agence, Aerin se vit dans l'obligation de mettre ses amies au courant de son changement provisoire de domicile quand Ruby lui proposa de la déposer à son appartement le soir après le travail.

— Comment ça, tu dors chez Drake Cawthorn ? s'exclama cette dernière, stupéfaite. En quel honneur ?

Aerin leur parla de l'attaque cérébrale de M. McPhee qui l'avait obligée à trouver un foyer temporaire à Mutley le temps que son maître se remette.

— Et j'aime bien être avec Drake, ajouta-t-elle.

— Tu es amoureuse de lui, dit Harper.

— Oui, je crois, soupira Aerin avant de reprendre avec fermeté : Correction, je le suis.

— Il coche combien de cases sur ta liste ? demanda Harper.

— Pas beaucoup.

Ruby fronça un sourcil accusateur.

— Combien ?

Aerin se leva et arpenta la pièce.

— Je pense avoir commis une erreur en établissant cette liste. Après mûre réflexion, il me paraît impossible qu'un homme les coche toutes. Drake n'est pas parfait, je le sais, mais moi non plus. Or je ne peux plus envisager ma vie sans lui, à présent. Je suis follement heureuse avec lui.

Harper se lissa le front.

— Aucune de nous ne peut te dire comment agir. Comme toi, Ruby et moi sommes tombées amoureuses d'un homme dont nous pensions qu'il ne nous aimerait jamais en retour. Cela s'est bien terminé pour nous, mais ce n'est pas toujours le cas.

— Je sais, et je suis prudente.

— En t'installant chez lui ? demanda Ruby, sourcils froncés. Qu'en pensent tes parents et ton frère ?

— Ils ignorent que nous nous voyons. De toute manière, je reste chez lui seulement jusqu'à ce que M. McPhee sorte de l'hôpital et reprenne son chien.

Harper et Ruby échangèrent des regards inquiets.

— Je vous en prie, arrêtez de vous faire du souci pour moi. Je m'en fais suffisamment moi-même. Tout cela est un peu fou, je le sais, mais je ne peux pas m'empêcher de continuer. J'aime Drake et je veux être avec lui.

— Tu lui as parlé de tes sentiments ? demanda Harper.

— Non.

Ruby se mâchonna la lèvre.

— Et tu comptes le faire à un moment quelconque ?

— Je ne sais pas... Peut-être.

— Il mettra probablement un terme à votre liaison avant que tu n'aies le temps de le faire, dit Harper. Et ça va te faire très mal.

Aerin soupira.

— Je sais.

Une fois rentré du travail, Drake promena Mutley. Il faisait sombre, une pluie glaciale tombait, mais cela lui était égal. Il avait appris à apprécier ces balades nocturnes avec le vieux chien, et les attendait même avec plaisir. Ce qu'il attendait avec plus de hâte cependant était le retour d'Aerin de l'agence. Il adorait s'endormir en la serrant dans ses bras, se réveiller à côté d'elle, partager le dîner en discutant des menus événements de la journée.

Il aimait...

Soudain, il s'arrêta net comme s'il était rentré dans un mur invisible. Non ! L'amour ne faisait pas partie de ce qu'il ressentait pour Aerin. Ils avaient une aventure, un peu plus longue que ses liaisons habituelles, mais cela ne voulait pas dire qu'il était amoureux. Il n'avait d'ailleurs pas l'intention de tomber amoureux, ni d'elle ni d'une autre. Jamais.

Drake reprit sa marche avec Mutley. Il rentrait quand son téléphone sonna. Jetant un coup d'œil à l'écran, il vit le nom d'Aerin. Son cœur fit un petit bond dans sa poitrine, son sang dansa ses veines et son pouls s'accéléra en entendant sa voix. Il ignora le tout.

— Je pensais que tu serais rentrée à cette heure. Tu dois travailler tard ?

— Non, je dois simplement passer à mon appartement récupérer des affaires. Je n'en ai pas pris suffisamment la semaine dernière.

— Dans ce cas, je vais faire un saut à l'agence et t'y conduire.

— Ça ne te dérange pas ?

— Bien sûr que non. On pourra dîner dans un restaurant sympa après.

Un bref silence suivit ses propos, puis Aerin demanda :

— Es-tu certain que ce soit une bonne idée de nous montrer en public ? Que se passera-t-il si ma famille l'apprend ?

Drake commençait à réaliser que la nature clandestine de leur relation était gênante pour une personne aussi franche et honnête qu'Aerin. Elle aimait tellement sa famille que ne rien leur dire devait la blesser. D'un autre côté, son frère n'était pas complètement honnête non plus avec elle. Tom était passé le voir la veille au cabinet pour engager une procédure de divorce. Bien sûr, tenu par le secret professionnel, Drake n'avait pas partagé cette information avec elle. En plus, elle était si romantique… Apprendre que son frère s'apprêtait à quitter sa femme l'aurait anéantie. Pour lui cependant, c'était la confirmation que la plupart des relations étaient destinées à se terminer, d'une manière ou d'une autre.

— Ta famille devra bien l'apprendre tôt ou tard, répondit-il. Nous ne pouvons pas nous cacher éternellement.

— Mais nous n'allons pas rester *éternellement* ensemble, n'est-ce pas ?

— Non. Mais cela ne signifie pas que nous ne puissions pas sortir dîner comme un couple normal.

Conscient d'avoir la voix tendue, Drake s'efforça de respirer calmement.

Un nouveau silence s'installa sur la ligne.

— Ce n'est pas la peine de venir me chercher à l'agence. Je vais rester dans mon appartement ce soir. J'ai besoin d'une nuit de réflexion. Je t'appellerai demain.

Une douleur oppressa la poitrine de Drake. Un sentiment de panique fondit sur lui comme s'il perdait le contrôle d'une situation qu'il avait cru maîtriser.

— D'accord, si c'est ce que tu souhaites.

Ce n'était pas ce que lui voulait, mais il n'était pas question de la supplier de changer d'avis.

— C'est ce dont j'ai besoin maintenant.

Et tu es ce dont, moi, j'ai besoin maintenant. Tu es tout ce dont j'ai besoin !

Il ne put cependant laisser ces mots, venus si spontanément, franchir ses lèvres serrées.

— Drake ?

— Oui, répondit-il d'une voix froide, comme la pluie qui gouttait de ses cheveux dans son col.

— J'ai cru que tu avais raccroché.

— Je dois y aller. Mutley attend son dîner.

Là-dessus, il coupa la communication et rempocha son téléphone.

Aerin quitta l'agence, affligée de l'issue de sa conversation avec Drake mais déterminée à passer la nuit dans son appartement afin de prendre du recul et de réfléchir dans le calme. Bavarder avec Harper et Ruby lui avait permis de voir dans quel piège elle était tombée. Poursuivre leur relation dans l'espoir que Drake tombe amoureux d'elle s'était révélé vain. Si son optimisme l'avait toujours portée, elle commençait à présent à comprendre combien elle s'était bercée d'illusions en pensant que tout finirait par s'arranger comme par magie.

Parfois, et c'était tragique, ça ne s'arrangeait pas.

Peu après son arrivée à l'appartement, la sonnette de l'entrée retentit. Le cœur d'Aerin fit immédiatement un bond dans sa poitrine. Drake avait-il changé d'avis ou, regrettant d'avoir raccroché si brusquement, venait-il s'excuser, la supplier de rentrer passer la nuit chez lui ?

Soudain pleine d'allant, elle ouvrit la porte et découvrit son frère sur le seuil.

— Tom ? Quelle surprise ! Que se passe-t-il ?

— Pouvons-nous discuter ?

— Bien sûr, entre, répondit-elle avant de demander, une fois la porte refermée : Tu vas bien ?

— J'ai vu Drake hier.

— Vraiment ? Il ne m'en a pas parlé.

Tom fronça les sourcils.

— Quand l'as-tu vu pour la dernière fois ?

Réalisant sa maladresse, Aerin sentit ses joues s'empourprer et eut du mal à soutenir le regard de son frère.

— Tu sais bien, on se voit de temps en temps, quand je lui envoie des clients. Mais, dis-moi, comment vas-tu et comment va Saskia ?

Tom se passa une main sur le front.

— On divorce.

Elle le regarda, stupéfaite.

— Quoi ?

— C'est pour ça que je suis allé voir Drake hier.

— Donc c'est toi qui demandes le divorce ? Pourquoi ?

— Ça ne va plus entre nous. Saskia est malheureuse.

— Elle vient de faire une troisième fausse couche, tu ne t'attends quand même pas à la voir sauter de joie ? Cela ne veut cependant pas dire qu'elle ne t'aime pas.

Les épaules de Tom s'arrondirent.

— J'ai fait une bêtise, un coup d'un soir avec une collègue de travail. C'était stupide et ça ne signifiait rien.

— Je n'aurais jamais pensé que tu la trompes un jour.

Aerin n'avait pu dissimuler sa déception. Après avoir idolâtré son grand frère toute sa vie, découvrir cette faiblesse la choquait. Elle pensait qu'il avait un mariage solide, destiné à durer comme celui de leurs parents. Le mariage parfait qu'elle rêvait d'avoir. À présent, elle commençait à réaliser qu'il n'y avait peut-être pas de relation parfaite.

— Je suis désolé. Je sais à quel point ça te touche, mais j'ai voulu te l'annoncer de vive voix.

— Papa et maman sont au courant ?

— Pas encore. J'avais prévu d'aller les voir ce week-end. Pour ne rien te cacher, j'appréhende ce moment. J'imagine la semonce de papa. Quant à maman, elle va être effondrée. Elle aime tellement Saskia.

— Comment va Saskia ?

Tom se massa les tempes comme si un mal de tête lui fondait dessus.

— Elle est blessée, déçue, en colère.

— Accepte-t-elle de divorcer ?

— Oui.

— Elle changera peut-être d'avis. Il lui faut du temps pour surmonter sa douleur, te pardonner et apprendre à te refaire confiance.

Un rictus triste tordit les lèvres de Tom.

— Je crains que cela n'arrive pas de sitôt.

— Tu l'aimes encore ?

Il la regarda quelques secondes en silence, puis soupira et détourna les yeux.

— Oui, bien sûr. Il y a eu un malheureux concours de circonstances. Le stress des fausses couches, le fait de ne pas me sentir capable de lui offrir ce qu'elle voulait... Puis une occasion s'est présentée. J'ai vraiment été le pire des crétins. Je ne me croyais pas du style à tromper ma femme. Elle mérite mieux que moi.

— Mon Dieu, Tom, comme j'aimerais pouvoir tout arranger pour vous deux d'un coup de baguette magique. En fait, j'ai mes propres problèmes aussi.

Aerin s'humecta les lèvres avant d'ajouter :

— Je vois Drake depuis quelque temps.

Tom haussa brusquement les sourcils.

— Comment ça, tu le vois ?

— Je lui ai demandé de m'accompagner à ma réunion d'anciennes élèves en Écosse, et notre relation a dérivé. Nous avons gardé notre aventure secrète.

— Tu sais que ça ne durera pas. Il ne le permettra pas.

— Je sais. C'est d'ailleurs ce que je m'efforce d'accepter.

— Tu es amoureuse de lui.

Aerin grimaça.

— Est-ce tellement évident ?

— Le lui as-tu dit ?

— Non. Tu crois que je devrais ?

Tom eut un petit sourire triste.

— Je suis plutôt mal placé pour offrir des conseils en matière de relations.

— D'accord, mais tu le connais si bien.

— Personne ne connaît bien Drake. Il a toujours été très secret.

— Eh bien, bonne chance avec papa et maman. Je t'aurais bien accompagné pour t'offrir mon soutien moral, mais j'ai un mariage dans le Kent ce week-end.

— Merci. C'est toutefois une tâche dont je dois m'acquitter seul.

Après avoir embrassé Tom, Aerin referma la porte sur lui. C'était triste que lui et Saskia se séparent. Il lui était difficile d'imaginer que son frère ait pu tromper sa femme. Cela lui ressemblait si peu. Pourtant, qui savait de quoi les gens étaient capables lorsqu'ils étaient soumis à un grand stress ?

11

Le lendemain, Drake réfréna toute la journée son envie d'envoyer un message à Aerin. Lui qui appréciait les longues périodes de solitude pour réfléchir ne pouvait lui reprocher son besoin d'espace. Pourtant, elle lui manquait affreusement. Et ce, d'autant plus qu'il ignorait si elle voudrait poursuivre leur relation.

Comme il rentrait de sa balade nocturne avec Mutley, il trouva Aerin assise sur les marches du perron. Elle se leva à son arrivée.

— Pourquoi n'as-tu pas utilisé ta clé pour entrer ?

Elle caressa Mutley. À l'inverse de lui, ce fichu chien ne lui dissimulait rien de sa joie de la revoir. Il jappait, remuait la queue et haletait comme s'il était sur le point de s'évanouir de bonheur.

— Rentrons, grommela Drake. Il fait un froid de canard. Pourquoi diable me suis-je installé à Londres ?

Aerin eut un petit rire.

— Il est tentant de rêver d'une plage au soleil sur une île tropicale par un temps pareil.

La personne avec laquelle il se voyait le mieux dans un tel décor était bien elle. Ils devraient peut-être partir en vacances dans un lieu exotique où ils seraient seuls et décontractés. Ça leur permettrait de poursuivre leur aventure en secret.

Il ouvrit la porte et lui fit signe d'entrer. À peine à l'intérieur, Mutley s'ébroua avec force, projetant des gouttes de pluie autour de lui.

— Au fait, comment va M. McPhee ?

— Il progresse bien, répondit-elle en ôtant son manteau. Il arrive à marcher avec un déambulateur. Il déteste cela, mais c'est le seul moyen pour qu'il conserve son équilibre.

— Ça doit être dur de vieillir et de perdre son indépendance.

— Oui...

Drake lui prit son manteau, qu'il drapa sur un cintre avant de le ranger dans la penderie.

— Je suis désolé d'avoir mis si brusquement un terme à notre conversation, hier.

— Ce n'est pas grave. T'annoncer de but en blanc mon intention de rentrer chez moi n'était pas très élégant non plus. Une chance que je l'aie fait, cependant, car Tom est passé me voir à l'improviste dans la soirée.

— Ah bon ? Comment va-t-il ?

— Pourquoi ne m'as-tu pas dit que tu l'avais vu la veille ?

Drake suspendit son manteau à côté du sien.

— Il est venu me voir en tant que client. Je suis tenu au secret professionnel.

— Enfin, tu aurais pu m'en parler. Je suis sa sœur, et nous avons... une liaison.

Drake haussa les sourcils.

— Dire que je l'appelais une aventure sans lendemain, quel imbécile.

Il regretta immédiatement son ton moqueur et son expression cynique, mais l'entendre parler de « liaison » l'avait déstabilisé. Ce terme faisait trop sérieux. Il lui donnait l'impression d'être enfermé. Il était menaçant.

Aerin pinça les lèvres, le regardant quelques secondes en silence.

— C'est ça que je suis pour toi ? Juste une autre maîtresse de passage ?

— Bien sûr que non.

— Alors, dis-moi ce que tu ressens pour moi.

Drake réfléchit, pas certain de trouver les mots exacts.

— Tu me plais. Ta compagnie m'est agréable.

— Tiens donc, je te plais. Dirais-tu que tu tiens à moi ?

— Évidemment que je tiens à toi.

— Et l'amour ?

La gorge de Drake se resserra brusquement.

— Que veux-tu dire ?

Elle le fixa sans détour.

— Est-ce que tu m'aimes ?

Il déglutit.

— Pourquoi cette question ? On était d'accord pour une courte aventure. Pour explorer notre attirance mutuelle. L'amour n'a rien à voir là-dedans.

Elle le défia du menton.

— Ah bon ? Tu te comportes comme un homme amoureux, mais tu ne peux pas ou ne veux pas prononcer les mots.

Drake eût aimé pouvoir se boucher les oreilles. Hélas, cela n'aurait servi à rien.

— Et là, tu vas me dire que tu es tombée follement amoureuse de moi, j'imagine ?

Ses yeux gris-bleu lancèrent des éclairs.

— Serait-ce utile ?

— Non.

— Parce que tu as peur des mots. Ils te mettent mal à l'aise. Ils te font te sentir vulnérable. Quoi qu'il en soit, je vais les dire. Je t'aime, Drake. Je crois être tombée amoureuse de toi dès l'instant où tu m'as embrassée. Je ne m'y attendais pas du tout. Je ne t'avais certainement jamais vu comme mon M. Parfait, mais je ne peux rien contre mes sentiments. Je ne veux pas d'une aventure sans lendemain avec toi. Je veux beaucoup plus.

Drake se passa les mains dans les cheveux. Sa poitrine était si oppressée qu'il pouvait à peine respirer.

— Tu confonds sûrement une excellente entente physique avec des sentiments.

— Je me connais. Je sais ce que je ressens. Ne cherche pas à me faire croire qu'il s'agit d'un engouement dû à mon manque d'expérience.

— Je ne suis pas du style à me ranger. Je te l'ai dit d'emblée.

— Je sais, et j'aurais dû te garder à distance après notre premier baiser, mais je te désirais, tu me voulais aussi, et le reste, selon le dicton, est de l'histoire ancienne. Ou du moins c'en est à présent.

Drake fronça les sourcils. Ses yeux se plissèrent.

— Que veux-tu dire ?

Elle lui adressa un petit sourire triste, puis décrocha son manteau.

— Le temps des adieux est arrivé. Je mets un terme à notre liaison avant que les dommages ne soient plus importants. Tu n'es pas prêt pour l'amour. Tu as barricadé ton cœur dans une forteresse dont toi seul peux le libérer.

Drake hésita à l'arrêter, puis renonça. Il n'avait pas le droit de la retenir.

— Nous allons devoir nous revoir. Tu en es consciente ?

— Pourquoi le devrions-nous ?

Il lui montra le chien couché à ses pieds.

— Pour lui.

Aerin baissa les yeux vers Mutley, puis les ramena sur Drake.

— Tu pourras le ramener à M. McPhee à sa sortie du centre de rééducation. Si l'idée de me rencontrer te met mal à l'aise, envoie-moi un texto. Je m'arrangerai pour ne pas être chez moi à ce moment.

— Donc tu préfères ne pas me voir ? Très bien. J'irai le ramener en ton absence.

Elle serra les lèvres.

— À mon avis, une rupture claire et nette est préférable.

Comme elle enfilait son manteau, Drake enfouit les mains dans ses poches pour se retenir de l'aider ainsi qu'il l'aurait fait d'ordinaire. S'il la touchait, il serait incapable de la laisser partir. Il lui tint cependant la porte ouverte.

— Je peux te reconduire ?

Il n'était pas goujat au point de la laisser rentrer par ses propres moyens de nuit.

— Ma voiture est plus bas dans la rue.

— Je t'y accompagne.

— C'est inutile.

— Fais-moi ce plaisir.

— D'accord, dit-elle avec un soupir résigné.

Ils marchèrent côte à côte jusqu'à la voiture d'Aerin. Drake lui ouvrit la portière, puis attendit qu'elle ait bouclé sa ceinture de sécurité pour la refermer. Il remonta alors sur le trottoir et repartit vers sa maison sans un au revoir de la main ni un regard en arrière.

À l'issue de leur dernière réunion avant le mariage programmé dans le Kent pendant le week-end, Aerin informa ses amies de sa rupture avec Drake.

— Ma pauvre chérie, dit Harper en la serrant dans ses bras. J'imagine combien tu dois souffrir. J'aimerais pouvoir te dire que tout va s'arranger entre vous ; hélas, la vie n'est pas toujours rose.

Ruby l'étreignit à son tour.

— Ce doit être si douloureux, mais vous n'avez passé que peu de temps ensemble. Il n'est peut-être pas encore certain de ses sentiments pour toi.

Aerin se libéra et afficha un sourire courageux.

— Merci pour votre soutien. C'est une période difficile, mais je la surmonterai. Le plus difficile sera de voir Drake reprendre sa vie de play-boy. L'imaginer avec une autre dans les bras sera un calvaire.

— Ce sera dur à encaisser, c'est certain, intervint Harper. Espérons que tu trouves très vite ton M. Parfait, et Drake sera relégué au rang de souvenir.

Aerin craignait que Drake ne soit pas facile à oublier. Elle craignait aussi d'avoir été trop optimiste en pensant que son homme idéal l'attendait quelque part. Elle se disait que l'idée même d'un M. Parfait était une illusion dont il serait judicieux de se débarrasser au plus vite.

Deux jours plus tard, Drake alla rendre visite à M. McPhee dans son centre de rééducation. Le règlement intérieur interdisant les animaux domestiques, il avait laissé Mutley chez lui. Dès son entrée dans la chambre, il sut qu'il n'enverrait jamais un proche – s'il en avait – dans un tel centre. Le vieil homme avait triste mine. Quant au plateau-repas installé devant lui, il était pitoyable et ne couvrait pas les besoins nutritionnels d'une personne âgée en convalescence.

— Bonjour, monsieur McPhee. Comment allez-vous ?

Son interlocuteur afficha un faible sourire.

— Pas trop mal. Et comment se porte mon fidèle compagnon ? Aerin m'a dit que vous vous occupiez de lui à la perfection. Il ne vous ennuie pas ?

— Pas du tout, bien au contraire.

C'était d'autant plus vrai depuis qu'Aerin avait mis un terme à leur relation, car sa présence dans la maison et leurs longues promenades matinales et nocturnes l'aidaient à se changer les idées… un peu, du moins.

— Mais vous lui manquez, reprit-il. Et il doit aussi vous manquer, j'imagine.

— Oui…

— Votre fils est venu vous voir ?

Drake avait réussi à le localiser, mais avait eu l'impression qu'il n'était pas pressé de rendre visite à son vieux père si frêle.

— Il m'a appelé car il ne peut pas s'absenter de son travail en ce moment. Il est très occupé. Il dirige sa propre compagnie en Espagne, vous savez.

En tant qu'avocat, Drake avait rencontré beaucoup de personnes trop occupées par leur métier pour prendre soin d'un parent proche de son vivant. Elles étaient cependant les premières à se manifester après sa mort pour connaître leur part d'héritage.

— Avez-vous vu Aerin ?

Il était ennuyé de poser la question, mais en même temps avait désespérément besoin d'avoir de ses nouvelles.

— Elle est venue hier avant de partir pour le mariage dans le Kent. Quelle charmante jeune fille…

Drake humecta ses lèvres soudain sèches, inquiet de savoir ce qu'elle avait bien pu dire au vieil homme au sujet de leur relation. M. McPhee dut sentir son embarras car il ajouta :

— Elle m'a expliqué que vous étiez seulement des amis.

Peut-être même plus désormais…

— Je ne suis pas l'homme qu'elle recherche.

M. McPhee le regarda fixement.

— Qu'est-ce qui vous fait croire ça ?

— Vous a-t-elle parlé de sa liste ?

— Oui. Ce n'est pas un mal de savoir ce qu'on veut. Ma Maisy était comme elle, très organisée et sachant ce qu'elle voulait.

Le vieil homme soupira, et son regard se fit mélancolique.

— Pour être franc, je n'avais aucune chance avec elle au début. Mais j'étais amoureux et ai travaillé dur à conquérir son cœur. J'ai appris qu'on ne naissait pas l'âme sœur de quelqu'un, on la devenait.

« On ne naissait pas l'âme sœur de quelqu'un, on la devenait... »

Faute de pouvoir noter sur-le-champ ces mots si profonds, si judicieux, afin de ne pas les oublier, Drake se les répéta plusieurs fois pour les mémoriser. Lui aussi avait peut-être beaucoup à apprendre. Le temps pourrait d'ailleurs être venu de réfléchir à son attitude vis-à-vis des relations. Elle était certes due à son passé tragique, mais lui serait-il possible de le surmonter ?

— Votre femme doit terriblement vous manquer, monsieur McPhee.

— Bien sûr... En fait, j'aurais pu la perdre beaucoup plus tôt si je n'avais pas changé à temps pour conquérir son cœur. Je n'avais jamais dit « Je t'aime » à quiconque avant Maisy. Après notre mariage, je lui ai répété ces trois petits mots chaque jour, et ce sont les derniers qu'elle a entendus avant de rendre son dernier soupir.

« J'aurais pu la perdre beaucoup plus tôt si je n'avais pas changé... »

Une nouvelle phrase percutante. Hélas, Drake avait déjà perdu Aerin en refusant d'accepter ses sentiments pour elle. Des sentiments qui n'avaient fait que grandir après leur premier baiser, mais qu'il avait essayé d'ignorer, d'étouffer. Des sentiments qui avaient malgré lui continué de s'épanouir, nourris par le soleil de son sourire, par son toucher magique. Il avait été trop effrayé pour les exprimer à voix haute.

Mais Drake n'était plus effrayé à présent. Les sages paroles du vieil homme lui avaient permis d'entrevoir un avenir solitaire et triste s'il laissait échapper cette possibilité de vivre son amour avec Aerin. Son père avait exterminé sa famille. Pourquoi diable devrait-il le laisser détruire aussi sa capacité à aimer ? Tous les amours n'étaient pas toxiques. Tous ne s'éteignaient pas. Aucun n'était parfait, mais il réalisait qu'il ne pouvait vivre sans. Il n'avait pu empêcher la fin tragique de sa mère et de sa sœur, mais il pouvait briser les barreaux de la prison sentimentale dans laquelle les actions de son père l'avaient enfermé.

Drake ignorait s'il ne se retrouverait pas veuf et malheureux, mais c'était un risque à courir plutôt que de vivre éternellement sans amour. L'amour et la souffrance faisaient partie intégrante de la vie. Il pensa aux deux jeunes gens qui allaient célébrer leur mariage le lendemain dans le Kent, à la courageuse Yelena prête à épouser Viktor même si celui-ci n'avait que peu de temps à vivre. Combien il avait été stupide de refuser d'aimer par peur de perdre !

Il posa une main sur l'épaule de M. McPhee.

— Je vais vous faire transférer dans un établissement plus agréable que celui-ci. Un où on pourra vous amener Mutley chaque jour. Qu'en dites-vous ?

Les yeux du vieil homme s'emplirent de larmes.

— Un tel établissement doit avoir des tarifs bien supérieurs à celui-ci. Or je n'ai pas les moyens nécessaires. Je suis bien ici, ne vous inquiétez pas, j'en sortirai bientôt.

Drake lui prit les mains.

— J'ai une dette envers vous. Vous m'avez ouvert les yeux. J'aime Aerin comme vous aimiez votre Maisy. Je file le lui dire de ce pas. Bien sûr, pour cela, je vais devoir faire irruption dans un mariage auquel je ne suis pas invité.

Le visage de M. McPhee s'illumina.

— Bravo, mon garçon. Tous mes vœux de réussite vous accompagnent.

Assise à l'extrémité du dernier rang de l'église du village, Aerin regardait le jeune couple échanger ses vœux devant l'autel. C'était à la fois triste et touchant. Viktor, trop frêle pour marcher, était en fauteuil roulant tandis que Yelena, debout fièrement face à lui, lui promettait de l'aimer « dans la santé et dans la maladie, jusqu'à ce que la mort nous sépare ». Harper, qui faisait les photographies, était si émue qu'elle s'essuyait les yeux par moments. Son assistante préposée aux vidéos avait aussi du mal à retenir ses larmes.

Jack, assis à côté d'Aerin, faisait sauter Marli sur ses genoux. Ruby et Lucas, juste après lui, se tenaient la main, leur amour réciproque éclatant dans leurs regards.

Il était rare que les partenaires de l'organisatrice, de la responsable traiteur et de la photographe d'un mariage soient conviés à l'église, mais Yelena et Viktor avaient insisté pour qu'ils assistent à la cérémonie. Aerin, venue bien sûr non accompagnée, trouva très triste d'être une fois de plus seule. Si elle avait eu le courage d'aller à sa réunion d'anciennes élèves sans partenaire, elle n'éprouverait peut-être pas cette douleur lancinante, ce sentiment de vide et de perte.

Mais elle n'aurait pas fait la merveilleuse expérience de tomber amoureuse de Drake…

Aerin entendit un bruit de pas qui s'approchaient du dernier rang, puis une voix grave murmurer ;

— Puis-je m'asseoir à côté de toi ?

Levant les yeux, elle vit Drake. Son cœur se mit à

battre à une allure folle tandis que l'espoir l'envahissait. Serait-il venu la voir ? Non, c'était impossible. Elle avait assez espéré en vain en ce qui concernait Drake Cawthorn. À présent, elle devait être raisonnable, rester posée face à lui. Et découvrir au plus vite la raison de sa venue inattendue.

— Bien sûr, répondit-elle en se décalant sur le banc avant de murmurer : Je croyais que les mariages te donnaient la chair de poule.

Drake mima un frisson spectaculaire en lui souriant.

— Je vais devoir m'y habituer.

— Pourquoi donc ?

— Parce que, si je ne le fais pas, comment ferai-je pour t'épouser ?

Aerin le regarda bouche bée. Son cœur se mit soudain à battre à tout rompre. Sa réponse sous-entendait l'impensable, ce qu'il s'était promis de ne jamais faire, et qu'elle avait fini par accepter au cours des derniers jours. Drake ne l'aimait pas, ne voulait pas passer sa vie avec elle. Aurait-elle mal compris le sens de son propos ?

— Serais-tu en train de... me demander ma main ?

Un éclat heureux illumina les yeux sombres de Drake, qui se pencha pour lui murmurer à l'oreille :

— Je t'aime et je veux que tu deviennes ma femme. Je ne pouvais pas attendre plus longtemps. Je suis désolé de m'être imposé dans cette cérémonie, mais je ne pouvais pas passer une minute de plus sans toi.

Aerin dut se retenir d'exprimer sa joie afin de ne pas perturber la cérémonie, mais les émotions bouillonnaient tant en elle qu'il lui était difficile de rester sagement assise. En fait, elle était intérieurement presque aussi agitée que Marli qui babillait et sautillait sur les genoux de son père, juste à côté.

— Je t'aime aussi. Éperdument. Et, oui, je veux t'épouser.

Drake lui posa un léger baiser sur les lèvres, lui prit une main et la posa sur sa cuisse. Effleurant alors son annulaire, il murmura :

— Je suis venu sans bague. Je pensais que nous irions en choisir une ensemble.

— C'est une excellente idée.

— J'ai écrit un poème en venant. C'était le numéro six ou sept de ta liste, n'est-ce pas ?

— Le numéro sept. Le six est : « A un chien ou un chat, ou aimerait en avoir un. »

— Est-ce que Mutley compte ? Je me suis beaucoup attaché à lui, même s'il perd ses poils dans toute la maison et pète énormément.

Aerin sourit.

— Quel est ton poème ?

— Les roses sont rouges et les myosotis sont bleus. T'épouser ferait de moi un homme heureux. Alors, s'il te plaît, dis : « Je le veux. »

— Je le veux.

Le service terminé, Drake entraîna Aerin hors de l'église.

— Tu viens de faire de moi le plus heureux des hommes. Je ne pensais pas pouvoir un jour être de nouveau heureux après la tragédie de mon adolescence, mais tu m'as donné envie d'une vie plus épanouissante. Je ne peux plus laisser la peur de souffrir me limiter. Nous devons tous affronter la souffrance à un moment donné. Ce couple courageux le fera plus tôt que la plupart des gens et, malgré cela, ils viennent de prouver à tous la force de leur amour.

Aerin le serra dans ses bras.

— Je t'aime tellement, Drake. J'ai cru rêver en te voyant dans l'église, mais tu es bien là et tous mes rêves se réalisent.

Drake lui prit une main qu'il porta à ses lèvres.

— Je ne suis pas M. Parfait, ma chérie, mais je vais m'appliquer à le devenir.

— Tu es parfait tel que tu es.

Il lui adressa un grand sourire.

— Si tu le dis, Boucle d'or.

Épilogue

Noël, un an plus tard

Toute la famille d'Aerin était réunie dans le salon de la propriété des Drysdale dans le Buckinghamshire lorsque Drake vint déposer ses cadeaux au pied du grand sapin. Cette vue le réjouit. Il faisait partie de cette famille, à présent, et ressentait un sentiment d'appartenance encore jamais éprouvé. Ou peut-être était-il simplement heureux d'être l'homme qu'il était devenu. Il se demanda comment il avait bien pu vivre si longtemps dans sa forteresse fermée aux émotions. Forteresse dans laquelle il serait encore sans son extraordinaire Aerin.

Au moment où il se relevait après avoir posé le dernier paquet, celle-ci lui enlaça la taille.

— N'est-ce pas merveilleux que M. McPhee ait pu se joindre à nous ? demanda-t-elle, les yeux brillants de bonheur. Regarde-le, là-bas, il discute comme un vieil ami avec mon père, et Mutley a trouvé sa place de prédilection devant le feu de cheminée.

Drake regarda le vieux chien couché sur le tapis, présentant son flanc à la chaleur des flammes. Son maître lui jetait de réguliers coups d'œil pleins d'affection.

Au cours de l'année écoulée, il s'était beaucoup rapproché de Hamish McPhee, qui était devenu la figure paternelle dont il avait rêvé toute sa vie. Un ancien, équilibré, doté d'une grande sagesse et d'humour.

— Je suis heureux qu'ils s'en soient tous les deux sortis, répondit-il. Pour être franc, j'en ai douté quelque temps.

— Tu les as sauvés tous les deux en faisant entrer M. McPhee dans un établissement de rééducation privé. C'est à partir de ce moment qu'il a retrouvé son allant. Il marche même sans déambulateur maintenant.

Drake était heureux des progrès du vieil homme, mais l'était tout autant des siens propres. Il avait appris à accepter ses sentiments et à les exprimer, et avait travaillé à cesser de toujours envisager une issue fatale. Il se préparait cependant à la perte de M. McPhee et de Mutley. La science ne pouvait procurer l'éternité.

Elle avait toutefois offert du temps supplémentaire au jeune Viktor, qui coulait encore des jours heureux avec son grand amour, Yelena. Un nouveau traitement était apparu sur le marché, hors de prix certes, mais Drake était heureux de contribuer financièrement à une si bonne cause. Jusque-là, le remède était efficace. Encore une réussite à fêter en cette période de l'année.

Dans le rayon des bonnes nouvelles, il y en avait une autre. Tom et Saskia avaient décidé de reprendre leur relation plutôt que de la conclure par un divorce. Ils attendaient un bébé pour le printemps.

Une épidémie de bébés, songea Drake en souriant.

Harper et Jack allaient donner un petit frère à Marli dans les jours à venir. Une famille heureuse... Jack, qui avait enterré son rêve de devenir un artiste afin de se consacrer à l'entreprise d'hôtellerie familiale après la mort de son père, avait repris ses pinceaux grâce aux encouragements de Harper. Il venait de faire sa première exposition, et tous les tableaux avaient trouvé acquéreur. Une réussite supplémentaire à fêter.

Ruby et Lucas attendaient aussi un enfant. Garçon ou fille, nul ne le savait. Ils avaient choisi de garder le secret. Ils allaient être de merveilleux parents, Drake en était certain. Lui-même, qui n'avait jamais souhaité avoir d'enfant avant de tomber amoureux d'Aerin, était impatient d'en avoir un, de fonder une famille avec elle. Il saurait les protéger et les aimer, à l'inverse de son père...

Drake porta la main gauche d'Aerin à ses lèvres. À son annulaire se trouvaient une alliance et son diamant de fiançailles. Ils s'étaient mariés en janvier, quelques jours avant son trentième anniversaire tant redouté. En organisatrice de mariages hors pair, elle avait réussi à préparer en un temps restreint une fabuleuse cérémonie. Un jour qu'il n'oublierait jamais. La voir marcher vers l'autel jusqu'à lui avait été l'expérience la plus extraordinaire de sa vie. Il avait eu l'impression que son cœur débordait d'amour, et avait rêvé d'un long avenir avec elle.

— Tu es heureuse, mon amour ?

— Oh ! oui. Tellement que mon cœur risque d'éclater.

Drake la serra dans ses bras, et murmura :

— Je t'ai écrit un autre poème. Veux-tu l'entendre ?

Les yeux d'Aerin s'illuminèrent.

— Oui, s'il te plaît.

— Je t'aime comme l'océan aime la côte. Je t'aime comme le vent aime les feuilles d'automne. Je t'aime aussi infiniment que le ciel. J'aime notre vie, et l'avenir encore inconnu devant nous. Et j'aime que nous allions affronter joies et tempêtes ensemble parce que nous nous appartenons mutuellement.

— Il est parfait, mon chéri.

— Parfait, hein ? demanda Drake, un sourire aux lèvres. C'est ce que, toi, tu es, mon amour. Parfaite sur tous les plans.

Vous avez aimé ce roman ? Retrouvez l'univers de Melanie Milburne en numérique :

1. *Désirs grecs*
2. *Neuf mois plus tard*
3. *L'étreinte d'une nuit de glace*

Harlequin vous offre un large choix de littérature sentimentale [illegible]

[illegible]

[illegible]